Índice

Introducción 9

1. Historia del texto 11
2. Contenido y estructura de *Cómo se hace una novela:* una novela hecha «a lo que salga» 15
3. Contexto histórico y espiritual de la escritura de la obra: la imposibilidad de hacer novela sin política 22
4. Significado filosófico de *Cómo se hace una novela:* vivir es hacer novela de la vida 29
5. Técnica narrativa 38
   5.1. Una novela eternamente interrumpida 38
   5.2. El prólogo es novela 51
   5.3. El autor convertido en personaje de ficción o «el pacto ambiguo» de la autoficción 55
   5.4. El autor convertido en lector 64
6. El problema del género: escribir cómo se hace una novela es hacerla 68
7. Actualidad de la obra 76
   7.1. *Cómo se hace una novela* en el contexto de la literatura de su época 76
   7.2. *Cómo se hace una novela* en el contexto de la narrativa posmoderna: antecedente de la novela «degenerada» 82

Esta edición 93

Bibliografía 95

CÓMO SE HACE UNA NOVELA	101
Prólogo	105
Retrato de Unamuno por Jean Cassou	109
Comentario	117
Cómo se hace una novela	131
Continuación	171
Martes 21	183
Jueves 30-VI	187
Domingo 3-VII	189
Lunes 4-VII	190
Martes 5-VII	192
Miércoles 6-VII	193
Jueves 7-VII	195

Cómo se hace una novela

Letras Hispánicas

Miguel de Unamuno

Cómo se hace una novela

Edición de Teresa Gómez Trueba

SÉPTIMA EDICIÓN

CÁTEDRA
LETRAS HISPÁNICAS

1.ª edición, 2009
7.ª edición, 2026

Ilustración de cubierta: Foto de Miguel de Unamuno

Reservados todos los derechos. El contenido de esta obra está protegido
por la Ley, que establece penas de prisión y/o multas, además de las
correspondientes indemnizaciones por daños y perjuicios, para
quienes reprodujeren, plagiaren, distribuyeren o comunicaren
públicamente, en todo o en parte, una obra literaria, artística
o científica, o su transformación, interpretación o ejecución
artística fijada en cualquier tipo de soporte o comunicada
a través de cualquier medio, sin la preceptiva autorización.

© Ediciones Cátedra (Grupo Anaya, S. A.), 2009, 2026
Valentín Beato, 21. 28037 Madrid
Depósito legal: M. 19-2009
ISBN: 978-84-376-2519-5
Printed in Spain

Índice

Introducción	9
1. Historia del texto	11
2. Contenido y estructura de *Cómo se hace una novela:* una novela hecha «a lo que salga»	15
3. Contexto histórico y espiritual de la escritura de la obra: la imposibilidad de hacer novela sin política	22
4. Significado filosófico de *Cómo se hace una novela:* vivir es hacer novela de la vida	29
5. Técnica narrativa	38
5.1. Una novela eternamente interrumpida	38
5.2. El prólogo es novela	51
5.3. El autor convertido en personaje de ficción o «el pacto ambiguo» de la autoficción	55
5.4. El autor convertido en lector	64
6. El problema del género: escribir cómo se hace una novela es hacerla	68
7. Actualidad de la obra	76
7.1. *Cómo se hace una novela* en el contexto de la literatura de su época	76
7.2. *Cómo se hace una novela* en el contexto de la narrativa posmoderna: antecedente de la novela «degenerada»	82
Esta edición	93
Bibliografía	95

Cómo se hace una novela	101
Prólogo	105
Retrato de Unamuno por Jean Cassou	109
Comentario	117
Cómo se hace una novela	131
Continuación	171
Martes 21	183
Jueves 30-VI	187
Domingo 3-VII	189
Lunes 4-VII	190
Martes 5-VII	192
Miércoles 6-VII	193
Jueves 7-VII	195

Introducción

1. Historia del texto

La historia textual de *Cómo se hace una novela* —con traducciones al francés y re-traducciones del texto que sirvieron de base al propio Unamuno para su primera edición completa en español, y con múltiples mutilaciones debidas a la censura durante el franquismo, posteriormente subsanadas por los editores en la democracia— no es sólo de gran complejidad, sino que, además, tiene en sí misma una gran relevancia para comprender el significado último de la novela. De hecho, la extraña y novedosa estructura narrativa de esta obra solamente se explica a partir de la historia externa del texto, tanto en lo que concierne al proceso de su creación, como a la historia de su publicación. Si en cualquier edición de un texto resulta pertinente conocer el proceso de elaboración del mismo, en este caso se me antoja que dicho proceso resulta prioritario en un intento de discernimiento de la voluntad de su autor al componer y dar a la imprenta tan extraña obra; de ahí que opte por iniciar esta introducción con un apartado dedicado a la historia textual, el cual habitualmente ocupa el capítulo de cierre.

Estando Unamuno en París, hacia finales de diciembre de 1924, comienza la escritura del original, que queda concluido en el verano de 1925. Entregó dicho original a su amigo Jean Cassou, que lo traduce al francés y lo publica con el título *Comment on fait un roman*, y precedido de un «Portrait d'Unamuno», el 15 de mayo de 1926 en el *Mercure de France* (núm. CLXXXVIII, págs. 5-39). A su vez, el original, hoy desaparecido, fue entregado por Casssou a Heinrich Auerbach, el 1 de octubre de 1927, ya que éste tenía intención de traducirlo al alemán para la publicación en el *Frankfurter Zeitung*.

Viviendo ya en Hendaya, entre mayo y julio de 1927, Unamuno escribe la que será la versión completa de la obra, que amplía considerablemente el original entregado a Cassou. Sin embargo, para ello, dado que no había conservado el original, lo que hace es retraducir al castellano su texto y ampliarlo con una serie de añadidos. En primer lugar, escribe un «Prólogo» que no figuraba en el original de 1925; en segundo lugar, en la versión castellana incorpora otra vez, traduciéndolo también al castellano, el retrato de Cassou, que apareció en la edición francesa, escribe e incorpora a su vez un «Comentario» a este retrato, añade entre corchetes numerosas aclaraciones al texto original (salvo algunas pocas que no fueron incorporadas entre corchetes); y, finalmente, añade una «Continuación». Todo ello se publicó como libro en 1927 en la editorial Alba, de Buenos Aires.

Cassou volvió a publicar una versión francesa en 1933. En este caso precedió su edición de una nueva «Introducción» propia, el «Portrait» de la primera edición francesa, una traducción del «Comentario» a éste publicado por Unamuno en la edición de Buenos Aires, incorporó al núcleo central de la obra la mayoría —no todos— de los nuevos añadidos de Unamuno y completó el volumen con otros escritos unamunianos. Realmente, Cassou no traduce todos los añadidos que Unamuno había incorporado entre corchetes, y, de la «Continuación» que éste había escrito para la traducción argentina, sólo traduce y reproduce una parte, deteniéndose donde puso «Terminado, el viernes 17 de junio», y suprimiendo, por tanto, todo lo que el autor añadió los días siguientes, hasta el 7 de julio.

En España la obra no se publicó hasta 1950, cuando aparece recogida en la edición de las *Obras completas* (Madrid, Afrodisio Aguado, vol. IV, págs. 907-985). Sin embargo, esta edición ofrece una versión muy mutilada, suprimiéndose la mayor parte de los pasajes que fueron considerados irreverentes y heterodoxos, aquellos en los que se vertían duras críticas contra Alfonso XIII o Primo de Rivera, o los que contenían protestas contra la censura; asimismo se incorporan sustituciones léxicas que alteran el sentido real del texto unamuniano.

En una segunda edición de estas *Obras completas* (Madrid, Afrodisio Aguado, 1958, vol. X, págs. 825-923), a cargo de Manuel García Blanco, se enmiendan algunas de las correcciones que habían alterado el significado literal del texto, pero se mantienen básicamente las mutilaciones. Con estas palabras justificaba García Blanco su edición mutilada: «las alteraciones [...] no alteran el sentido de la obra de Unamuno, fruto en gran parte de la crisis que le asaltó en París, en 1925, revivida dos años más tarde, en Hendaya, al redactar las adiciones de que dotó su primera redacción. Son invectivas de carácter político contra el régimen entonces establecido en España, notablemente acres y personales en cuanto a las tres personas que lo representaban»[1].

Sin embargo, enseguida ve la luz otra edición de la obra que, en este caso, sí recupera básicamente la versión completa del año 1927, restaurando casi todos los fragmentos expurgados por la censura. Se trata de la nueva edición de *Obras completas*, que publica la editorial Escelicer (Madrid, Escelicer, 1966-1970, vol. VIII, págs. 707-769), también bajo la dirección de Manuel García Blanco, que, efectivamente, incluye en versión completa *Cómo se hace una novela* en el volumen VIII, titulado *Autobiografía y recuerdos personales*.

En 1966 vuelve a salir una edición de la obra, en este caso en la editorial Alianza, junto con *San Manuel Bueno, mártir*, y a cargo de Paulino Garagorri, que reproduce el texto censurado de la edición de 1958, y lo reedita en esta misma versión incompleta hasta los años ochenta, en que se comienza a editar ya conforme a la edición príncipe de 1927, es decir, sin censuras, aunque sin que se advierta esta sustitución en el prólogo.

Pero, ya antes, en 1977, había salido una nueva edición de la obra, en este caso, en solitario, preparada por Paul R. Olson, en la editorial Guadarrama, que también se basaba en la

---

[1] Cit. por Allen Lacy, «Censorship and *Cómo se hace una novela*», *Hispanic Review*, vol. XXXIV, núm. 4 (1966), págs. 317-325, pág. 324.

edición príncipe de 1927. Olson denuncia por vez primera la invalidez de las ediciones abreviadas de 1950 y 1958 que, hasta ese momento, popularizadas también por la edición de bolsillo de Alianza (1966), habían sido las más difundidas entre los lectores españoles. En esta edición se ofrece, además en unas notas finales, información acerca de todos los fragmentos censurados, y se coteja la edición de 1927 que le sirve de base con las ediciones de 1950, 1958 y 1966-1970.

En los últimos años, han salido dos ediciones más. Una de ellas a cargo de Bénédicte Vauthier (Salamanca, Universidad de Salamanca, 2005), donde se señalan en el mismo cuerpo del texto todas las variantes, no solamente las debidas a la censura, sino también las ocasionadas por los distintos procesos de traducción y re-traducción; y se insiste en el hecho de que, en los planes unamunianos, *Cómo se hace una novela* formaba parte, junto con las notas de *Manual de quijotismo*, de un proyecto unitario. De hecho, Vauthier publica en esta edición ambos títulos conjuntamente. Para tomar tal decisión, se basa en una mención de Unamuno, hasta entonces desconocida, que dice: «(Incorpórese a esta obra el *Cómo se hace una novela*)», que aparece al dorso de una nota de liquidación, cuya fecha de emisión podría ser el 30 de junio de 1926[2]. A partir de ahí, Vauthier considera *Manual de quijotismo* y el ya publicado *Cómo se hace una novela* «no como dos libros distintos, sino como un libro único del cual sólo una parte llegó a editarse. Es más: considero que la forma de aquél invita a una revisión de los intentos de definición genérica de *Cómo se hace una novela*»[3].

La última edición, también basada en la versión príncipe de 1927, es la preparada por Domingo Ródenas, que publica el texto junto con las novelas *Abel Sánchez, San Manuel Bueno, mártir* y «otras prosas» (Barcelona, Crítica, col. «Clásicos y Modernos», 2006), y lo acompaña de numerosas notas críticas.

---

[2] Bénédicte Vauthier, «Introducción» a Miguel de Unamuno, *Manual de quijotismo. Cómo se hace una novela. Epistolario Miguel de Unamuno / Jean Cassou*, Salamanca, Universidad de Salamanca, 2005, pág. 19.

[3] *Ibíd.*, pág. 23.

Afortunadamente, las ediciones recientes han puesto en orden esta enrevesada historia de ediciones censuradas, con cotejo pormenorizado de variantes, de tal modo que hoy conocemos al detalle los interesantes avatares sufridos por esta peculiar obra unamuniana. Ningún dato puedo aportar en lo referente a la historia del texto, sobre todo después de la reciente edición crítica ofrecida por Bénédicte Vauthier, con un completo aparato textual que señala todas las mutilaciones sufridas por la obra en las pasadas ediciones. Sin embargo, sí me gustaría destacar algo que quizá no haya sido suficientemente advertido. Es el hecho de que este intrincado laberinto textual adquiere en la interpretación de la obra *Cómo se hace una novela* una trascendencia mucho mayor que la habitual en estos casos: curiosos datos que sólo suelen interesar a los filólogos. Unamuno, en la versión definitiva que escribe en 1927, se propone poner en evidencia, sin ocultarlas en ningún momento, las huellas de ese complejo proceso de elaboración como un elemento más de la obra, que viene a reincidir en su significado. Quiero decir que, en este caso, la historia del texto —por supuesto la de los añadidos de Unamuno en 1927— sobre la versión original traducida al francés, pero también las supresiones de la censura y las posteriores reconstrucciones de lo suprimido por parte de los editores póstumos (aunque el autor ya no tuviera nada que ver con ello), contribuyen a poner aún más de manifiesto el significado que Unamuno quiso transmitir a través de esta obra tan rara e inclasificable. Dicho de otro modo, si hacemos caso a la poética novelesca que se transmite en estas páginas, también las interferencias de los diversos editores sobre el texto (tanto aquellos que lo expurgan como los que lo restablecen) contribuyen a «hacer la novela»; como diría el propio Unamuno, así es «cómo se hace una novela».

2. Contenido y estructura de «Cómo se hace una novela»: una novela hecha «a lo que salga»

La obra, en la versión íntegra de 1927, que es la que ofrecemos aquí, está formada por un «Prólogo», el «Retrato de Unamuno por Jean Cassou», un «Comentario», el cuerpo central de la obra —titulado «Cómo se hace una novela»—, una «Continuación» y unos añadidos en forma de diario, que van desde el «Martes, 21 de junio», hasta el «Jueves, 7 de julio». Pocas obras tan difíciles de resumir como esta. No sólo carece de un argumento, sino que esta ausencia es absolutamente premeditada por parte de Unamuno, si hacemos caso a lo que él mismo declaraba algunos años después en el epílogo de *La novela de don Sandalio, jugador de ajedrez*: «el argumento no es más que un pretexto para una novela, y [...] queda, ésta, la novela, toda entera, y más pura, más interesante, más novelesca, si se le quita el argumento»[4]. Estamos realmente ante una obra inasible, que en cierto modo podría compararse con el libro de arena borgeano. A partir de dicho criterio estético, el autor pasa de manera azarosa de uno a otro asunto. Y precisamente ese parloteo azaroso guarda estrecha relación con el significado que intenta transmitir la obra. Es decir, dicho significado no tendría tanto que ver con lo que haya dicho el autor en uno u otro momento más o menos importante del texto, sino más bien con ese continuo ir de acá para allá al hilo de sus propios pensamientos, afirmando, contradiciéndose, en ese dudar atormentado y sin fin que es precisamente la vida. Dicho de otra forma, el significado de una obra tan compleja, como es *Cómo se hace una novela*, se revela sobre todo en su estructura o, mejor, en su falta de estructura. Advertida esta cuestión, intentaré resumir, en cualquier caso, cuáles son los asuntos más insistentemente tratados en este texto unamuniano.

En el «Prólogo» que escribe a finales de mayo de 1927 para la edición de Buenos Aires, Unamuno se remonta al verano de 1925, cuando escribió la primera versión de la obra, y nos explica las circunstancias anímicas, por un lado, e históricas y políticas, por otro, que motivaron su escritura y en las que fue editada. El prólogo de 1927 se construye de este modo como una historia del texto primitivo; es decir, si la obra que nos ocupa trata de «cómo se hace una novela», este prólogo que la

---

[4] Miguel de Unamuno, *Abel Sánchez, San Manuel Bueno, mártir, Cómo se hace una novela y otras prosas* (ed. de Domingo Ródenas), Barcelona, Crítica (col. «Clásicos y Modernos»), 2006, págs. 378-379.

introduce y la enmarca, trata de «cómo se hizo *Cómo se hace una novela*». Ello le da pie a tocar uno de los asuntos capitales de su poética: cuando los pensamientos son puestos por escrito, se los mata, porque lo único vivo es el presente. La literatura es así considerada como muerte. Ahora bien, de esa muerte, otro, el lector y también el autor, pueden tomar vida al leerla. Así explica y justifica Unamuno todas las transformaciones que hace en el original del texto: al volver a leer su obra, la revive, le da vida, y por eso resulta imposible mantenerse fiel a aquel momento que pasó.

En el «Retrato» del autor que va a continuación, entre otras cosas afirma Cassou que todas las obras de Unamuno son en realidad libros de «comentarios». Y a modo de respuesta a esta afirmación, Unamuno sigue su traducción del retrato de Cassou con un «Comentario» al mismo. En éste, pasa Unamuno de forma arbitraria de un tema a otro de los aludidos por Cassou, deteniéndose sobre todo en algunas de sus observaciones, como esta precisamente de que toda su obra está hecha de comentarios. A ello responde Unamuno que, en efecto, no aprecia la diferencia entre los comentarios y lo que no lo son, y que, en realidad, «hacer comentarios es hacer historia. Como escribir contando cómo se hace una novela es hacerla», porque cada una de nuestras vidas es una novela. De ahí pasa a tratar otros asuntos, muchos de los cuales volverán a reaparecer más adelante: el tópico del «libro de la vida» («Cuando un libro es cosa viva hay que comérselo, y el que se lo come, si a su vez es viviente, si está de veras vivo, revive con esa comida»); el tema de la envidia española; el ansia de eternidad de todos los hombres; la paternidad; su tendencia a la paradoja; su desinterés hacia los «problemas que llaman de actualidad» y su interés por «lo presente y lo individual» (ya que sólo dice creer en el valor infinito y eterno de la individualidad); su rechazo a las clasificaciones genéricas de las obras literarias; la locura; don Quijote; Cristo, la tontería (o, lo que parece ser lo mismo, el no hacer la novela de tu vida); el *nihilismo* (o, mejor, el *nadismo)*; su rechazo al sistema y lo sistemático (en filosofía), etc.

Al final de este «Comentario», el autor nos informa de que los comentarios que ha hecho a la versión original que ahora traduce irán entre corchetes (aunque en realidad hay algunas variantes —pocas— respecto al texto original francés que Unamuno no señaló con los corchetes). Y se detiene a reflexionar acerca de los «comentarios encorchetados»[5] y de los «tres relatos enchufados, unos en otros» que se contienen en la obra. Los compara con esas cajas japonesas que encierran unas a otras, hasta que al final hay una última cajita vacía. Y dice que así es el mundo y la vida: «comentarios de comentarios y otra vez más comentarios». Y por eso la novela carece de argumento, porque también la vida carece de argumento: «Todo son las cajitas, los ensueños.» Y lo verdaderamente novelesco es cómo se hace una novela.

Llegamos así al núcleo novelesco central que, efectivamente, está constituido por el texto original y los comentarios «encorchetados». En apariencia, es en esta parte donde Unamuno entra a tratar la cuestión central de la obra, es decir, «cómo se hace una novela», ya que es aquí donde nos relata su intención de escribir una novela sobre un ficticio personaje llamado U. Jugo de la Raza. Ello le da a pie a reflexionar acerca de cuál sería el argumento de esa supuesta novela y cómo la construiría. Sin embargo, lo relativo al ficticio relato de Jugo de la Raza ocupa en realidad sólo una mínima parte de esta sección central. Por un lado, antes de darle comienzo, Unamuno, al igual que en las secciones anteriores, se pierde en divagaciones sobre los más variados asuntos; y, por otro lado, una vez iniciado el imaginado relato, lo interrumpe constantemente para alternarlo con otras tantas reflexiones que van surgiendo y que aparentemente nada tienen que ver con la historia de Jugo. En definitiva, llegados a esta parte central del texto ya empezamos a intuir que la novela construida por Unamuno está en su totalidad hecha con digresiones.

Respecto a los temas tratados, estos de nuevo van de las circunstancias políticas que han motivado la escritura de la obra

---

[5] En realidad, estas indicaciones de Unamuno acerca de la disposición tipográfica del texto, se refieren solamente a lo narrado hasta el apartado que lleva por título «Continuación», ya que este fue añadido después de cerrada la novela.

a toda una serie de cuestiones de carácter existencial o metaliterario. Nos habla así de la experiencia del destierro en Fuerteventura y París, donde se encontraba cuando escribió el texto original. Los añadidos entre corchetes, escritos ya en Hendaya, aluden a su experiencia en este nuevo destino, incorporando, por ejemplo, un romance que acababa de escribir entonces; por lo que en el texto se alternan de forma muy evidente dos momentos temporales distintos. Explica entonces cuál es el fin de su destierro: vivir en la historia y vivir la historia, hacer su historia, su leyenda, su novela, y con ella su eternidad. Y cuando esta historia acabe se acabará él con ella. Retoma también el motivo del «Libro de la vida», y ese otro tan unamuniano de la personalidad («¿seré como me creo o como se me cree?»). Sus reflexiones están salpicadas de continuas referencias a las lecturas que realizó en aquellos momentos *(La piel de zapa,* de Balzac, obra que le inspiró la idea de la novela imaginada de Jugo de la Raza, las cartas de amor de José Mazzini a Judit Sidoli, Flaubert...). Asimismo, retoma algunos temas ya tratados en las secciones anteriores, como el de la censura, el de la locura y la cordura; o trata otros nuevos, como el del centenario de Góngora y la poesía pura, contra la que arremete, para decantarse por la «pasión del Dante».

Respecto al relato de U. Jugo de la Raza, el argumento es sencillo: cuenta la historia de un hombre aburrido y triste, que no ha sabido hacer «novela de su vida». Un buen día, paseando a las orillas del Sena, descubre en un puesto de librería de viejo una novela —que trata de una confesión autobiográfico-romántica— que llama su atención y empieza a ganarle, introduciéndose en el personaje de la novela. Pero esta enigmática novela contiene un misterioso mensaje: «Cuando el lector llegue al fin de esta dolorosa historia se morirá conmigo», lo que llevará a Jugo casi hasta la locura y la desesperación. A partir de ahí, el personaje viviría un terrible calvario, ante la disyuntiva de seguir leyendo el libro que le obsesionaba sin remedio y con ello llegar a morir, o, por el contrario, renunciar al libro, para vivir, pero morir al mismo tiempo, por no poder vivir ya la vida de su libro, el libro de su vida. Unamuno nos propone de esta forma el argumento para una posible novela; pero ésta no se relata (o para decirlo con palabras unamunianas, se relata sólo al contar cómo se hace) y, por supuesto, tampoco se concluye. De hecho, en la «Continuación», vuelve a sacar a relucir el relato de Jugo, y aunque sigue planteándose la posibilidad de darle un fin concluyente, al final, y como era de esperar, no lo hace o, mejor dicho, lo que hace es decirnos que la novela sigue.

Pero, como ya he advertido, el relato de Jugo se ve de continuo interrumpido por todo tipo de reflexiones. Más concretamente, el relato de Jugo le da pie al autor a hablarnos constantemente de sí mismo, al comparar su situación con la de este personaje, pues ambos se encuentran atrapados en una dolorosa disyuntiva: bien seguir viviendo (o leyendo) la novela de su vida hasta ser devorados por sus propios actos, o bien dejarse llevar por la inacción, cayendo irremediablemente en un terrible nihilismo. Y, en este sentido, el texto adquiere por momentos el aspecto de una dolorosa y sincera confesión por parte del autor acerca de la propia y trágica situación que él esta viviendo cuando lo escribe. Unamuno nos confiesa una y otra vez sus dudas acerca de la sinceridad de su postura como desterrado voluntario y del verdadero motivo que le impide regresar a España.

En la «Continuación» (redactada, al igual que el «Prólogo», el «Comentario» y los añadidos entre corchetes, en 1927, y más concretamente, según se lee en el tercer párrafo, el «4 de junio» de ese año) se propone contar cómo ha continuado su historia del destierro en estos dos años que han transcurrido desde que redactara la primera versión de la obra. Relata entonces su experiencia del destierro en Hendaya y cómo intentaron alejarlo de la frontera francesa. Ello le da pie, perdiéndose de nuevo en múltiples digresiones, a tratar temas como el de su niñez, o a reflexionar sobre uno de los asuntos más recurrentes en su obra, la paternidad, motivo que es puesto en relación con la tesis fundamental del libro, al afirmar: «mi obra soy yo mismo que me estoy haciendo día a día y siglo a siglo, como tu obra eres tú mismo, lector».

Terminada la «Continuación», vienen las distintas anotaciones del diario que comienza el Martes, 21 de junio, y termina el 7 de julio de 1927. Como era de esperar, el primer apunte del diario se inicia con una reflexión acerca de la imposibilidad de dar fin a la obra: «¿Terminado? ¡Qué pronto escribí eso! ¿Es que se puede terminar algo, aunque sólo sea una novela, de cómo se hace una novela?» A lo largo de los siete textos que contienen este diario, Unamuno, fiel a esa poética de la digresión convertida en centro del relato, nos conduce de nuevo a los más variados asuntos. Trata, por ejemplo, temas relacionadas con la propia literatura, aludiendo a cierta reseña escrita por Azorín de los autores franceses Jacques de Lacretelle o André Gide; habla de la relación contemplación-acción, para confesarnos que para él no son contrapuestos; o nos comenta su afición a hacer solitarios, que compara con la vida, al estar ambos regidos por el arte del azar (el mismo azar, señalemos de paso, que rige el orden —o desorden— de sus pensamientos, para construir un texto como este, sin argumento ni estructura). Pero, sobre todo, los apuntes de este breve diario quieren dejar constancia de la estructura abierta de este texto, el cual podía haber seguido eternamente lo que dure la vida de quien lo escribe (o, como luego veremos, incluso más).

En ocasiones la crítica se ha esforzado por rescatar de la maraña argumental que he intentado desbrozar un mínimo de tema novelesco, en cuanto que narración lineal de unos acontecimientos, que justifique la denominación de «novela» para esta extraña y desconcertante obra[6]. Se ha intentado aislar el argumento del relato de Jugo de la Raza de entre los numerosos excursos del autor, olvidando quizás que estos ocupan mucho más espacio en la obra que la historia en principio propiamente novelesca de Jugo. Por otro lado, adviértase que en la prolongación de la obra hecha en 1927, el autor presta ya muy poca atención a la novela de Jugo, que tampoco aparece mencionada en el «Prólogo» ni en el «Comentario» al Retrato de Cassou[7]. En realidad los asuntos tratados por Unamuno en *Cómo se hace una novela* no difieren en lo esencial de

---

[6] Francisco La Rubia Prado, *Unamuno y la vida como ficción*, Madrid, Gredos, 1999, pág. 45.
[7] Inés Azar, «La estructura novelesca de *Cómo se hace una novela*», *Modern Language Notes*, núm. 85 (1970), págs. 184-206, pág. 192.

aquellos que le obsesionaron a lo largo de toda su vida y que podemos encontrar recurrentemente en toda su obra ensayística: el pasado, el presente y el futuro de España y, más concretamente, las lamentables circunstancias políticas que le han conducido al destierro; la eternidad y el tiempo, la inmortalidad personal, la paternidad, la infancia como forma de eternidad; el tema de la personalidad: la persona y el personaje, el otro; los problemas de la creación: la relación entre novela e historia, entre ficción y realidad, entre vida y novela, interioridad y exterioridad, sustancia y forma. La originalidad del texto ha de buscarse, por tanto, más en el plan (o en la falta de él) que guía su composición que en cualquiera de todos esos asuntos tratados. En total acuerdo con Ródenas, creo que en vano ha de buscarse en esta obra «un núcleo articulador que no sea esta extraversión de la conciencia creadora hostigada por factores externos. No puede haber concierto formal o de asunto cuando el epicentro de la obra es la desmembración o el desconcierto»[8]. Como ya anuncié más arriba, y espero demostrar a lo largo de esta introducción, es precisamente ese irse haciendo la novela, sin plan ni concierto previo, «a lo que salga» —por utilizar una expresión del propio autor[9]—, al funcionar como metáfora de ir haciéndose una vida, la idea principal que encierran estas páginas.

3. Contexto histórico y espiritual de la escritura de la obra: la imposibilidad de hacer novela sin política

Decía Armando F. Zubizarreta que sin dejar de hacer política, Unamuno llega en esta obra a «mostrar el misterio del ser humano que se hace, cobrando esencia, revelándose, luchan-

---

[8] Domingo Ródenas, «Introducción» a *Abel Sánchez, San Manuel Bueno, mártir, Cómo se hace una novela y otras prosas, op. cit.*, pág. LVIII.
[9] Se trata del título de un conocido artículo del autor publicado en *Nuestro Tiempo*, año IV, núm. 45, Madrid (septiembre de 1904), págs. 297-306 (recogido en *Obras completas* [dir. por Manuel García Blanco], Madrid, Escelicer, 1966, vol. I, págs. 1194-1204).

do con el yo de simple rebelde panfletario, de mero político que los demás le crean para hacerlo callar o lanzarlo al teatro de partidos e intereses políticos»[10]. Por su parte, Ricardo Gullón advierte que aunque la experiencia del exilio fue para nuestro autor trágica y dolorosa, fue también «confortadora, y tal confortación se debió a la posibilidad de recordar y crear, de crear con el recuerdo algo que podía arraigar en la eternidad»[11]. No cabe duda de que la trágica experiencia del exilio resultó fructífera para Unamuno en el terreno de la creación literaria. En el caso de la obra que nos ocupa, creo que la circunstancia política que desencadena la crisis espiritual de la que a su vez brota *Cómo se hace una novela* pasa a un segundo plano en la interpretación de esta obra, que adquiere en última instancia un significado tanto metafísico como metaliterario. Pero ello, naturalmente, no quiere decir que podamos obviar las circunstancias históricas concretas que motivaron la escritura de *Cómo se hace una novela*, pues sin tenerlas en cuenta el resto de significados que se solapan en el texto nos resultarían inasibles.

El mismo autor nos dice al inicio de la obra que la escribe como una forma de consolarse en esos momentos duros del destierro. Y, casi al final, asegura: «Acción que es contemplativa como la contemplación es activa, pues creer que se puede hacer política sin novela o novela sin política es no saber lo que se quiere creer.» E, indudablemente, la obra que nos ocupa forma parte, junto con otras —como los artículos recopilados bajo el título genérico *Alrededor del estilo* (1924), *La agonía del cristianismo* (1925), *De Fuerteventura a París. Diario íntimo de confinamiento y destierro vertido en sonetos por Miguel de Unamuno* (1925), la obra de teatro *El otro. Misterio en tres jornadas y un epílogo* (acabada en 1926), *Romancero del destierro (Entre París y Hendaya, 1925 y 1927)* (1928), el prólogo a la tercera edición de *Vida de Don Quijote y Sancho* (1928), o *El hermano*

---

[10] Armando F. Zubizarreta, *Unamuno en su nivola*, Madrid, Taurus, 1960, pág. 89.
[11] Ricardo Gullón, *Autobiografías de Unamuno*, Madrid, Gredos, 1964, pág. 273.

Juan o el mundo es teatro. Vieja comedia nueva (redactada en 1929)—, de toda una serie de textos escritos en el exilio y especialmente relacionados con esas determinadas circunstancias de la vida del autor. Respecto a esta parte de la producción literaria unamuniana, Vauthier ha señalado que los escritos creados durante el destierro están marcados por una determinada retórica del exilio, que ella califica «de cólera», que vendría a relevar al arte de escribir entre líneas que había predominado antes en los escritos de Unamuno[12]. Pero repasemos los hechos históricos que motivaron semejante actitud.

El 20 de febrero de 1924, a Miguel de Unamuno se le condena al destierro en la isla de Fuerteventura. Los motivos venían fraguándose desde hacía tiempo, y concretamente desde el golpe de Estado del 14 de junio de 1923, aunque la causa directa pareció ser una carta suya publicada en la Argentina, que contenía duras críticas al régimen dictatorial. Algunos amigos de Unamuno le aconsejan una fuga precipitada a Portugal, que éste rechaza tajantemente, pues desde ese momento Unamuno se propone un enfrentamiento radical con el rey y Primo de Rivera, en el que la fuga no sería eficaz. Antes bien, a decir de algunos de sus biógrafos, la noticia del destierro es posible que en el fondo fuera recibida por Unamuno con cierta satisfacción, al interpretarla como la prueba de que su prédica no había caído en el desierto. Dicho de otra manera, quiso molestar al rey y a Primo de Rivera, y el destierro es la prueba de que lo había conseguido[13].

Como ya he señalado, a pesar de que fue esta quizás la etapa más dura de la biografía unamuniana, la trágica experiencia del destierro se convirtió también en fecunda fuente de inspiración literaria. Sabemos que durante el tiempo que pasa en Fuerteventura pensó escribir una obra titulada *Don Quijote en Fuerteventura* (la postura de don Miguel era ya por estas alturas profundamente quijotesca), nunca realizada, en la que se ha querido ver formulada la primera idea de *Cómo se hace una novela*, que comenzará a escribir poco después.

---

[12] Vauthier, *op. cit.*, pág. 39.
[13] Emilio Salcedo, *Vida de Don Miguel*, Salamanca, Anaya, 1964, pág. 253.

A los pocos meses de estar en Fuerteventura, llega la amnistía, pero el papel elegido ya por Unamuno en esta lucha le impide aceptarla por motivos que él mismo explica en una carta dirigida a su mujer, el 22 de julio de 1924:

> El Directorio, o mejor Anido, está muy molesto por la manera como hemos salido de Fuerteventura y parece que ha habido reclamaciones diplomáticas. Querían sin duda llevarnos a esa con todos los deshonrosos honores de una amnistía donde no hay delito. [...] Se me ha hecho saber que el rey dice que él no tuvo parte en el atropello. ¡Cualquiera le hace caso...!
> Al fin han caído en la cuenta de su torpeza y de mi fuerza y la solidez de mi situación actual[14].

Tal es así que con la ayuda de M. Henri Dumay, director del periódico *Le Quotidien*, emprende una fuga en el vapor *Zeelandia* rumbo a Francia, iniciando de esta forma su destierro voluntario. El 28 de julio de 1924, llega Unamuno a París, y vive entonces una temporada de intenso agasajo por unos y otros que le halagan por su valiente actitud, llevándole de un lado para otro. En Francia se quiere convertir a Don Miguel en «hombre de paja», al tiempo que el caso de Unamuno empieza a adquirir unos peligrosos tintes de escándalo y espectáculo. Todo ello acarrea una crisis en el ánimo del individualista Unamuno y el inicio de ese proceso de permanente duda y desasosiego arriba comentado acerca de la honradez de su postura. Durante su estancia en París, Unamuno empieza a tomar conciencia de que esa lección moral que pretendía dar a los demás con su papel de desterrado no sólo no ha servido para nada, sino que podría estar adquiriendo ciertos tintes quijotescos y aún ridículos a ojos de los otros, lo que comienza a producirle por momentos cierto remordimiento por haber huido. Un incidente, el que en cierto modo inspiró la creación del drama *El otro*, empeora este estado anímico: de Bilbao le llegan noticias de que su hermano Félix, harto de que todos le pregunten por su hermano Miguel, se ha puesto en la solapa un cartelito con

---

[14] Cit. por Zubizarreta, *op. cit.*, pág. 32.

un «No me hablen de mi hermano». La soledad vivida en aquellos momentos, la inactividad y cierta sensación de remordimiento reavivan los viejos fantasmas existenciales, sumiendo a Unamuno en una profunda crisis, que Zubizarreta fecha entre septiembre de 1924 y julio de 1925[15]. Años después, en 1930, cuando escribe el prólogo para la edición española de *La agonía del cristianismo* (que se había publicado en Francia en 1925), don Miguel recuerda que escribió *Cómo se hace una novela* «presa de una verdadera fiebre espiritual y de una pesadilla de aguardo»[16], que pretendió plasmar allí.

La crisis espiritual se deja ver en otras obras contemporáneas del autor. Así, por ejemplo, en algunos sonetos del libro *De Fuerteventura a París* (véanse, por ejemplo, el LXXXIV y el LXXXV, escritos el 20 de octubre), se refleja sin lugar a dudas ese estado de angustia que según sus palabras ocasionó la escritura de la obra[17]. Ya allí podemos ver cómo Unamuno se siente acosado por una terrible lucha interior que tiene que ver, por un lado, con la inactividad en la que se siente atrapado y por otro lado con la amenaza de caer en un nihilismo radical si decide abdicar y abandonar su sueño. De hecho, en el interior de *Cómo se hace una novela*, Unamuno alude a ese poemario, que precisamente había sido comparado por alguien a los *Castigos* de Victor Hugo; sin embargo, nos dice también que esos sonetos no eran suficientes para expresar la experiencia del destierro, ya que, según declara, no está en ellos con todo su «yo del destierro», pareciéndole «demasiado poca cosa para eternizar[se] en el presente fugitivo, en este espantoso presente histórico». En opinión de Zubizarreta, si a Unamuno no le bastaron sus sonetos para desahogar la angustia vivida en el destierro, fue precisamente porque ellos constituían una especie de «diario íntimo de la vida íntima» de su destierro, y lo que él necesitaba, y lo consiguió en *Cómo se*

---

[15] Zubizarreta, *op. cit.*, pág. 59.
[16] *La agonía del cristianismo*, Madrid, Espasa-Calpe, 1966 (4.ª ed.), pág. 9.
[17] *Vid.* Ana Urrutia Jordana, *La poetización de la política en el Unamuno exiliado: «De Fuerteventura a París» y «Romancero del destierro»*, Salamanca, Universidad de Salamanca, 2003.

hace una novela, era «acercarse más, en su violenta pasión, a la circunstancia política»[18].

La crisis vivida por Unamuno durante aquella temporada de estancia en París ha sido puesta en relación con la de 1897. En ambas circunstancias se acentuó en nuestro autor el miedo a la muerte, reapareciendo su vieja neurosis cardiaca, y reavivándose el recuerdo de la enfermedad y la muerte de su hijo Raimundo en 1902. Ahora como entonces, Unamuno tiene miedo a morir, lo que en parte quedó reflejado en la historia de Jugo de la Raza, que incluye en *Cómo se hace una novela*[19]. También los remordimientos vividos ahora recuerdan a los pasados, cuando estando su hijo muy enfermo se preguntaba Unamuno «si no será toda esta desgracia una expiación de sus culpas, un castigo a su soberbia»[20]. Recordemos que entonces apuntaba en su diario ideas muy similares a las que le atormentan en el año 25 y que anota en *Cómo se hace una novela*. El 28 de abril de 1897, escribía: «Cada vez que vuelvo a mi sueño, cada vez que siento un retroceso y me pongo en mi modo de pensar y sentir de los años pasados, se me ocurre esta idea: ¿estaré loco?» Y un día después: «¿Por qué me han de inquietar las habladurías de los demás […]?»[21]. Pero también en los primeros días del año 1898, al poco tiempo de pasada la crisis del año anterior, en carta a Jiménez Ilundain, Unamuno le confiesa su temor al riesgo que para el hombre «público» constituía la deformación impuesta por la presión exterior: «nos forma el mundo otro sujeto, depositándonos capas de acarreo, un sujeto constituido de fuera adentro, una caparazón que acaba por enquis-

---

[18] Zubizarreta, *op. cit.*, pág. 71.
[19] Naturalmente, también de ese temor a la irrupción repentina de la muerte nos quedaron otros testimonios. Así, por ejemplo, en algunos de los poemas que incluye en el *Romancero del destierro* —poemario que redacta por las mismas fechas—, como los titulados «Si caigo aquí, sobre esta tierra verde» o «Vendrá de noche», Unamuno expresa su profundo temor a morir fuera de España y su petición de que, si moría en París, se le enterrase en su patria para ser cubierto por tierra española.
[20] Salcedo, *op. cit.*, pág. 84.
[21] Cit. por Salcedo, *op. cit.*, pág. 87.

tar el íntimo»[22]. Temores idénticos a los expresados una y otra vez en las páginas de *Cómo se hace una novela*.

Pero a pesar de las continuas dudas, y como ya hiciera anteriormente cuando le notificaron el destierro, Unamuno se mantiene en sus trece al rechazar varias ofertas de viajes a América y Europa. No obstante, ante la imposibilidad de regresar a España, decide al menos acercarse a la frontera y, así, a finales de agosto de 1925, se traslada a Hendaya, donde permanecerá hasta 1930. Allí fue donde retraduce al español la versión francesa de *Cómo se hace una novela*, y la amplía con los añadidos que aparecieron en la versión definitiva de Buenos Aires, sirviéndole la experiencia de la misma estancia en Hendaya de materia literaria con la que prolongar las confesiones vertidas en la obra. Las circunstancias en las que se produce esta segunda redacción son distintas respecto a las de París. Cerca de España, Unamuno recupera una mayor serenidad interior[23]. Pero, aunque su estado de ánimo se fortalece en parte (lo que en general puede apreciarse en las apostillas redactadas en Hendaya), su actitud de lucha y «a la contra» se mantiene inamovible. El 6 de septiembre de 1925, el ministro francés del interior, monsieur Schranek, le pide que se aleje de la frontera para «evitar todo incidente» que pudiera dañar las buenas relaciones diplomáticas existentes entre Francia y España. Su postura es implacable al respecto, y responde a éste, así como a Quiñones de León, embajador de España en París, que no piensa moverse de Hendaya. Durante su estancia en esta localidad francesa, en junio de 1926, recibe el homenaje de varios españoles que se solidarizan con su situación y le transmiten que su persecución se había convertido en un símbolo para todos aquellos que anhelaban la justicia.

Por fin, tras la caída de Primo de Rivera en 1930, puede regresar a España. El recibimiento fue apoteósico. Algunos políticos que guardaron silencio durante su destierro le reciben

---

[22] En carta del 3 de enero de 1898 (en Hernán Benítez, *El drama religioso de Unamuno*, Universidad de Buenos Aires, 1949, pág. 260), cit. por Gullón, *Autobiografías de Unamuno, op. cit.*, pág. 271.
[23] Zubizarreta, *op. cit.*, pág. 24.

con entusiasmo, para convertirlo otra vez en «hombre de paja» y símbolo de la libertad, con la pretensión de utilizarlo para sus propios intereses[24]. Al final de su vida, la historia se repite en parte. De la misma manera que Unamuno decidió voluntariamente su destierro en Francia, optó entonces por someterse a un encarcelamiento en su propia casa, en forma de protesta contra el camino que estaba llevando la política española.

4. Significado filosófico de «Cómo se hace una novela»: vivir es hacer novela de la vida

El argumento de la supuesta novela que Unamuno imagina en el interior de las páginas de *Cómo se hace una novela*, el relato de Jugo, se inspira de manera expresa en la obra *La piel de zapa* (1831), de Honoré de Balzac, aunque, como advierte Domingo Ródenas, también podría recordarnos a *El retrato de Dorian Gray* (1891), de Oscar Wilde[25]. En las tres historias aparece un objeto que cobra el poder mágico de representar el transcurso de la vida del protagonista y de encerrar, al tiempo, el secreto del instante de su muerte. En la novela de Balzac, el talismán era una piel de zapa, con la que Rafael de Valentín, estando solo y triste en París se encuentra, justo cuando había decidido suicidarse. La piel de zapa tiene un poder mágico, otorgándole a su dueño todos sus deseos, pero al mismo tiempo, a medida que estos van cumpliéndose va menguando, y a medida que va menguando van disminuyendo los días de vida concedidos a su poseedor. El conflicto que se plantea es: «¿cómo vivir sin desear?». Sobre el modelo de Balzac, Unamuno imagina una posible novela que funcionara también como alegoría de la impotencia en la lucha contra el tiempo, que irremediablemente acaba por fulminar nuestra existencia. En la novela de Jugo, la piel de zapa ha sido sustituida por la lectura de un libro, en cuyas páginas lee su dueño la si-

---
[24] Salcedo, *op. cit.*, pág. 343.
[25] Ródenas, *op. cit.*, pág. LX.

guiente advertencia: «Cuando el lector llegue al fin de esta dolorosa historia se morirá conmigo»[26]. En tal advertencia se encierra, por supuesto, la metáfora del libro de la vida: Jugo duda si leer hasta el final el libro de su vida, hasta llegar a morir, o si, por el contrario, renunciar a él para vivir, pero morir también de otra forma. En definitiva, la angustia de Jugo (que en mucho recuerda a la que sintió el protagonista de *Niebla*, Augusto Pérez, cuando aterrado descubrió que irremediablemente iba a morir) es provocada por el terrible descubrimiento de la llegada de una muerte ineludible «en la historia o fuera de la historia».

Al comienzo del supuesto relato de Jugo, Unamuno comienza por desentrañar el significado de su nombre, para explicar que en realidad ese personaje es él mismo, y por ello le da este nombre, porque la «U» es la inicial de su apellido, «Jugo» el primer apellido de su abuelo materno y el del viejo caserío de Galdácano, en Vizcaya, de donde procedía, y «Larraza» es el nombre de su abuela paterna. De esta manera, y «gracias al elemental juego de palabras la figura ficticia será a la vez trasunto del autor y símbolo —quintaesencia: jugo— de lo español»[27]. En la historia de Jugo, como en la de Rafael de Valentín, Unamuno reconoce la suya propia en estos duros momentos del destierro. Recuérdese que al comienzo del bloque central de la obra, Unamuno alude a su experiencia del destierro y dice escribir esta obra precisamente para consolarse de él. A lo largo de la obra, el autor vuelve una y otra vez a una cuestión que parece obsesionarle por encima de cualquier otra: su temor acerca de si el destierro voluntario está justificado; sus dudas acerca de si está haciendo un papel o es sincero. En definitiva, a lo largo de esta parte de la obra, Unamuno expresa en un tono sumamente atormentado toda una serie

---

[26] Martin Nozick propuso la idea de que la novela leída por Jugo de la Raza podría ser identificada como *La piel de zapa*, de Balzac («Unamuno and *La Peau de chagrin*», *MLN*, núm. LXV (1950), págs. 255-256). Sin embargo, como bien ha advertido la crítica, esto no es posible si tenemos en cuenta que la novela de Balzac no tiene forma autobiográfica, ni en ella dice el protagonista al lector que se morirá con él.

[27] Ricardo Gullón, *Autobiografías de Unamuno, op. cit.*, pág. 275.

de interrogantes a las que intentará dar una respuesta. La pregunta esencial es si con todo este asunto del destierro y su papel activo en la política española, ¿no estaría sacrificando su yo íntimo, el que en principio debería de ser, al otro, al yo histórico? En estos términos explicaba Ricardo Gullón las dudas de Unamuno:

> Un día el Unamuno eterno se enfrentó con el Unamuno histórico, y se le antojó pequeño; triviales los sucesos en cuya trama iba tejiéndose el hilo de la existencia, fútiles las palabras, insignificantes los gestos. Frente al tremendo problema de la muerte y la eternidad el resto parecía carecer de importancia[28].

De las múltiples reflexiones, dudas y cavilaciones que el autor va dejando en estas páginas, parece desprenderse su sospecha de que el hombre exterior e histórico sea sólo un disfraz que oculta y enmascara al verdadero yo, que es el genuino, frente al otro que es el ficticio. Duda Unamuno, al fin y al cabo, de si todo este asunto de la política y el destierro, como todo ese trajineo de la vida diaria, no sea más que vivir en comedia (tener un «sentimiento cómico de la vida» que decía Francisco Ayala[29]); comedia con la que ahogar su yo más íntimo y su tristeza eterna. Y las dudas de Unamuno le llevan incluso a plantearse si sus supuestos enemigos lo son de verdad o son solamente una mera corporeización necesaria para que él se afirmara en su genuino ser, lo que le conduce a preguntarse: «¿Existen como les describo?»[30]. De todo ello se acusa Unamuno en numerosas ocasiones a lo largo de la obra, y tal vez creyendo sus palabras en esos momentos de manera excesivamente literal, algún crítico, como Antonio Sánchez Barbudo, le tachó también de in-

---

[28] *Ibíd.*, pág. 273.
[29] «El arte de novelar de Unamuno», *La Torre*, núm. 9 (1961), págs. 329-359 (recogido en *Las plumas del Fénix*, Madrid, Alianza, 1989, págs. 419-452, páginas 450-451).
[30] Gullón, *Autobiografías de Unamuno, op. cit.*, pág. 289.

sincero[31]. Según éste, Unamuno, que había perdido la fe en fechas tempranas, hace comedia siempre que años después reincide en la duda y la angustia existencial; una comedia en la que representa el personaje que finge ser. Sin embargo, la duda unamuniana respecto a su propio yo creo que no admite una interpretación tan simplificadora. Merece la pena que nos detengamos en este asunto.

En el fondo de esta cuestión, ya presente en la primera novela del autor, *Paz en la guerra*[32], no sólo late la vieja dualidad unamuniana entre lo histórico y lo intrahistórico, sino también su convencimiento de que lo uno no existiría sin lo otro. Nos explica Francisco Caudet que en el proceso de elaboración de su primera novela —que se extendió casi por diez años— Unamuno fue tomando conciencia de que existe una ineludible relación dialéctica entre la intrahistoria y la historia, de que es imposible atender solamente a los acon-

---

[31] Antonio Sánchez Barbudo, *Estudios sobre Unamuno y Machado*, Madrid, Guadarrama, 1959.

[32] En realidad el tema de la duda respecto a la sinceridad de uno mismo era viejo en los escritos de Unamuno. Ya, por ejemplo, en cierto pasaje de su primera novela *Paz en la guerra*, Pachico anticipa las confesiones hechas por Unamuno en *Cómo se hace una novela*: «Y por debajo de aquellas refriegas mentales palpitábale [a Pachico] inmenso y oscuro el mundo de las pacíficas impresiones, de las humildes imágenes de las cosas cotidianas, continuo sustento de su mente. Sobre la quietud tranquila de este mundo mental de imágenes sencillas, no resultaban ser aquellos combates más que juego distraído, divertida contienda, fuente de los variados placeres íntimos que la sorpresa engendra. ¿Qué eran aquellas pretendidas angustias de la crisis íntima, cuando se calmaban, como por ensalmo, al ponerse a comer, por ejemplo? Mera sugestión, ilusión pura, comedia de la duda [...]. Llegó a darse cuenta de que tales combates le habían sido ajenos, mero espectáculo representado en su conciencia por fuerzas a él extrañas; llegó a comprender que jamás había sentido aquellas angustias de la duda, de que hablaban algunos desocupados» *(Paz en la guerra,* ed. de Francisco Caudet, Madrid, Cátedra, 1999, págs. 445-446). Y en la misma obra, reflexiona otro personaje: «Alguna noche recordó Ignacio aquello de Pachico, de que todos tienen razón, y no la tiene ninguno, de que el éxito es quien en definitiva la da, pero así que a la luz del día se ponían en marcha, sintiéndose en la masa, le ganaba la realidad viva. El enemigo: tal era el fin ¿El enemigo? ¿Y quién era el enemigo? ¡El enemigo! ¡El otro! [...] Ahora el enemigo estaba lejos, apenas indicaba más que la masa confusa en la verdura, no cabía odio concreto, era una cosa fría, mecánica, algo como de oficio y fórmula, una mentira, una verdadera mentira» *(ibíd.,* págs. 280-281).

tecimientos de la vida intrahistórica, de que no se puede narrar lo privado a espaldas de lo público[33]. Dichos planteamientos siguen vigentes cuando Unamuno escribe *Cómo se hace una novela*; sin embargo, en este momento creo que el conflicto ante el tema de la personalidad adquiere un cariz más complejo del que tenía en las tempranas fechas de 1896, cuando terminó de escribir *Paz en la guerra*. Dicho de otra forma, el significado último de una obra tan sumamente compleja como la que nos ocupa no se reduce a una mera confesión de un ser atormentado por la culpa y el remordimiento ante una supuesta falta de honradez en su comportamiento público. Como bien vio Ricardo Gullón, lo característico del pensamiento de Unamuno no es tanto esa atormentada toma de conciencia ante la posibilidad de estar representando un papel, si no su capacidad de desdoblamiento, su capacidad para contemplarse en plena representación, «simulando a conciencia de la simulación»[34]. En unos sonetos que comenta y publica el 29 de mayo de 1911 en *Los Lunes del Imparcial*, bajo el título de «En horas de Insomnio», leemos:

> O, lo que es peor aún, vivía hecho teatro de mí propio, representándome a mí mismo, autor, actor y público a la vez. ¿Autor? ¡Quién sabe! Y luego, en lucha entre los tres yos que, según el humorista yanqui, encierra cada uno de nosotros: el que soy en realidad, el que los demás creen que soy y el que me creo ser. Y siempre bregando por no dejarme aprisionar de ese que me creen ser[35].

También en *Niebla* se insiste en este aspecto de la capacidad del hombre para desdoblarse en autor, actor y público, representando una comedia para sí mismo. Y, así, al personaje Víctor Goti le oímos exclamar: «Es la comedia, Augusto, es la comedia que representamos ante nosotros mismos, en lo

---

[33] Francisco Caudet, «Introducción» a Miguel de Unamuno, *Paz en la guerra, op. cit.*, págs. 70-71.
[34] Gullón, *Autobiografías de Unamuno, op. cit.*, pág. 94.
[35] Cit. por Salcedo, *op. cit.*, pág. 165.

que se llama el foro interno, en el tablado de la conciencia, haciendo a la vez de cómicos y de espectadores»[36]. Asimismo, en dos obras teatrales contemporáneas a *Cómo se hace una novela*, como son *El otro* y *El hermano Juan*, retoma una vez más la metáfora del teatro de la vida. Y, así por ejemplo, podemos leer en la primera: «Desde pequeñito sufrí al verme fuera de mí mismo..., no podía soportar aquel espejo..., no podía verme fuera de mí... El camino para odiarse es verse fuera de sí, verse otro»[37]. Y más adelante: «¡Ah, terrible tortura la de nacer doble! ¡De no ser siempre uno y el mismo!»[38].

Pues bien, es ese desdoblamiento el que podemos contemplar plenamente a través de las páginas de *Cómo se hace una novela*. Y el gran hallazgo que hacemos en esta obra es la comprobación definitiva de que Unamuno era también el «otro», «el sobrepuesto por la imagen exterior, inventada —o reconocida— partiendo de elementos suministrados por él: palabras, actos, línea o conducta, actitudes...»[39]. Poniendo en práctica ese desdoblamiento, en *Cómo se hace una novela* Unamuno va una y otra vez del convencimiento de que la vida interior es independiente de la Historia al de que la vida interior es lo externo, que la intrahistoria es también la Historia; y creo que tan sincero se muestra al preguntarse si su representación era ficción, como cuando insistía en la sinceridad y, sobre todo, necesidad del papel desempeñado, pues lo

---

[36] *Niebla* (ed. de Mario J. Valdés), Madrid, Cátedra, 2001, pág. 273.
[37] *El Otro* (ed. de Ricardo de la Fuente Ballesteros), Salamanca, Ediciones del Colegio de España, 1993, pág. 103.
[38] *Ibíd.*, pág. 112. Para este tema unamuniano véase también la conferencia-ensayo de 1899 titulada *Nicodemo el fariseo*, donde las ideas del autor sobre el otro aparecen claramente expresadas.
[39] Gullón, *Autobiografías de Unamuno, op. cit.*, pág. 271. Vauthier pone en relación estas ideas unamunianas con las teorías de Bajtin sobre «el autor y el héroe» (en Mijail Bajtin, *Estética de la creación verbal*, trad. de Tatiana Bubnova, Madrid, Siglo XXI, 1998, pág. 96). «En este texto Bajtin atribuye un papel fundamental al Otro, percibido no como una amenaza del Yo, sino como su ineludible —¿y deseable?— complemento. Lejos de alienarme, el Otro está capacitado para darme el complemento espacio-temporal que yo nunca jamás podré tener de mí mismo» (Bénédicte Vauthier, «Miguel de Unamuno y André Gide ante el espejo», *Cuadernos de la Cátedra Miguel de Unamuno*, núm. 37 (2002), págs. 91-111, pág. 105).

que intenta decirnos el autor es que la formación de una auténtica personalidad implica sin remedio el movimiento dialéctico o el eterno desplazamiento de un estado de ánimo a su contrario.

A medida que avanza la obra, y sobre todo en los añadidos y la «Continuación» que escribe en 1927 —y al tiempo que se hacen más duras las críticas a la dictadura (recuérdese que la obra termina precisamente con una crítica a Primo de Rivera)—, Unamuno parece decantarse por el convencimiento de que su papel histórico y público es justo y sincero y no una comedia. Aunque nunca dejó de atormentarle la sospecha de lo que muchos pudieran estar pensando de él («que no hago si no representar un papel, que no comprendo el patriotismo, que no ha sido seria la comedia de mi vida»), finalmente, ante esta acusación, contesta con furia:

> a este lector indignado lo que le indigna es que le muestre que él es, a su vez, un personaje cómico, novelesco y nada menos, un personaje que quiero poner en medio del sueño de su vida. Que haga del sueño, de su sueño, vida y se habrá salvado. Y que no hay nada más que comedia y novela, que piense que lo que le parece realidad extraescénica es comedia de comedia, novela de novela […] El fondo de una cosa es superficie.

Al final de tantas dudas parece haberse convencido y convencernos de que no hay hipocresía en su actitud, sino que más bien permanecer firme en su postura, en su papel, es la forma (la única forma que tiene el hombre) de hacerse su novela. En definitiva: «¿Hipócrita? ¡No! Mi papel es mi verdad y debo vivir mi verdad que es mi vida.» Es decir, finalmente parece prevalecer la creencia en la legitimidad de su obstinada postura a la contra. Y es ahí donde se establece el paralelismo entre Jugo y Unamuno. Si Jugo termina la novela que está leyendo se muere; si Unamuno termina con el papel de desterrado y vuelve a España, también se muere. Y precisamente en el referente literario en el que se inspira Unamuno, *La piel de zapa,* de Balzac, encontramos la clave para entender esta cuestión: Rafael, el protagonista, le pide a un amigo doctor que le suministre opio para poder seguir viviendo, porque si se mantenía despierto y tenía deseos, la piel de zapa disminuía de tamaño y se acercaba su muerte. Pero una vez consumida la droga,

> Rafael permanecía durante varios días sumido en el abismo de un sueño ficticio. Gracias al poder material que el opio ejerce en nuestra alma inmaterial, aquel hombre de imaginación tan poderosamente activa se puso a la altura de esos perezosos animales que se pudren en lo profundo de los bosques bajo la forma de residuos vegetales, sin dar siquiera un paso para capturar una presa fácil[40].

En un intento de rehuir lo que le ocurrió al protagonista de *La piel de zapa* tras la toma del opio, Unamuno rechaza el letargo que supondría desistir en su papel de desterrado y regresar a España. A propósito del personaje don Fulgencio, de la novela *Amor y pedagogía,* Gullón explica con extraordinaria claridad este asunto:

> Si [el hombre] quiere ser libro, si quiere hacer suyo, de verdad suyo algún momento del drama, deberá identificarse con su papel, meterse en él como en la propia piel y empaparse de la sustancia imaginada hasta apropiársela y convertirla en sangre, de suerte que cuando hable sea lo dicho tan personal, tan adecuado a lo sentido, que nadie, ni siquiera él, pueda rastrear en su actitud la más leve huella de ajena presión. No sólo, según dice don Fulgencio, «matar de verdad»; querer matar, y por razones personales; vivir la escena de amor, sintiéndola, pues al sentirla, el actor deja de representar y existe en la plenitud del sentimiento. El tema de la inmortalidad, expuesto de soslayo, se resuelve en negación terminante: la comedia no se repite en otro escenario, en otro mundo. Tras la representación, el sueño inacabable. No hay más posibilidad de supervivencia que la precaria inclusión de nuestra palabra en el texto, de nuestro ademán en la historia[41].

Al obstinarse Unamuno en continuar representando hasta el final el papel que él considera que le corresponde en la His-

---

[40] Honoré de Balzac, *La piel de zapa*, Madrid, Siruela, 2004, págs. 323-324.
[41] Gullón, *Autobiografías de Unamuno, op. cit.,* págs. 66-67.

toria, es cómo cree que se va haciendo la novela de su vida; y, dado que la «comedia» no se repite en otro escenario, es esta la única posibilidad que tiene el hombre de eternizarse. Ante la pregunta que alberga el título de la obra, ¿cómo se hace una novela?, la postura de Unamuno es concluyente: al irse haciendo. En realidad, el conflicto que vive U. Jugo de la Raza y el que vive el personaje Unamuno de esta obra es muy similar al que protagonizara el popular personaje de *Niebla*, Augusto Pérez, que a su vez era también muy similar al que viviera el personaje de Benito Pérez Galdós, Máximo Manso, protagonista de su novela *El amigo manso,* en la que en parte se inspiró Unamuno para escribir la suya[42]. Todos ellos son entes de papel, perdidos en la niebla, que sólo a medida que van viviendo, ateniéndose a los hechos según éstos van sucediéndose, adquieren existencia real, van teniendo ser. Es decir, solamente sus actos en la vida les constituyen y les convierten en quienes son[43].

Y precisamente ahí es donde se enlaza este asunto existencial con otro de índole metaliteraria que es también fundamental en la obra. El pretexto de la escritura de la novela de Jugo, le sirve al autor para reflexionar también acerca de cómo se construye una novela, entendida esta ahora en el sentido literal del término (y no en el metafórico de la novela de la vida), acerca de la conveniencia y la posibilidad de poner un final o no a la novela, cuestión que tiene implicaciones tanto ontológicas (relacionadas con lo anterior), como estéticas (no olvidemos que el texto se titula *Cómo se hace una novela*). Pero Unamuno no sólo nos dice cómo se hace una novela sino que nos lo muestra al hacer ésta. La novela (como la vida), se va haciendo «a lo que salga»[44], principio discursivo que aplica a su propia creación. Asimismo, la novela, como también la vida, no puede cerrarse, porque la vida sigue cuando el escritor acaba la novela; y así en ésta nos ofrece un ejemplo de di-

---

[42] *Vid.* Ricardo Gullón, «La invención del personaje», en *Galdós, novelista moderno*, Madrid, Taurus, 1987, págs. 62-68.
[43] Gullón, *Autobiografías de Unamuno, op. cit.,* pág. 84.
[44] *Vid.* nota 9.

seño estructural abierto (que comentaré a continuación en el apartado dedicado a la «Técnica narrativa») que podría continuar todo lo que continúe la vida de quien la escribe y, aún más, la vida de quien la lee. Los avatares textuales vividos por la obra de Unamuno tras su muerte, durante el Franquismo, arriba expuestos, contribuyen, sin duda, a ratificar la idea defendida por Unamuno en estas páginas, relativas a esta última cuestión.

5. Técnica narrativa

5.1. *Una novela eternamente interrumpida*

Han sido varios los intentos de desentrañar la compleja técnica narrativa utilizada por Unamuno en esta obra. Sobre todos ellos ha tenido especial peso el realizado por Armando F. Zubizarreta en un valioso y pionero trabajo[45], convertido en una referencia bibliográfica inexcusable para todos aquellos que han tratado el tema con posterioridad. Aseguraba Zubizarreta que en *Cómo se hace una novela* existen, contenidas unas dentro de otras, distintas novelas. Por un lado, «la novela de una confesión autobiográfica romántica» que lee Jugo de la Raza. En segundo lugar, la novela protagonizada por el personaje Jugo de la Raza, que trata precisamente sobre la lectura de la novela anterior. Y, en tercer lugar, la novela resultante del «conjunto de la novela de Jugo de la Raza —autobiográfica— más las memorias documentales en las que esta se halla inmersa, es decir, la obra *Cómo se hace una novela*»[46]. Afirma también Zubizarreta que, de la primera novela, la que Jugo lee, apenas sabemos nada, salvo que es una «confesión autobiográfica romántica», lo que nos podría hacer sospechar que podría ser cualquier obra del propio Unamuno o, más concretamente, podría ser incluso *Cómo se hace*

---

[45] *Unamuno en su nivola, op. cit.*
[46] *Ibíd.*, pág. 214.

una novela[47]. A partir de ahí, declara que en esta obra encontramos un diseño de estructuras concéntricas, una especie de espiral geométrica cuyos círculos van creciendo hasta implicar al mismo lector, haciéndole ingresar en el marco de la ficción, al estar prefigurado por el lector Jugo y el lector Unamuno, y haciéndole también partícipe en la metáfora *la novela de la vida*, y enseñarle así cómo hacer una novela[48]. «Con estas cajitas —afirma Zubizarreta—, una dentro de otra, siempre vacía la primera y última del fondo, no se quiere presentar con pesimismo existencialista la radical nihilidad ontológica del hombre, sino reconocer en ese vacío la posibilidad y necesidad de hacerse, de crearse a sí mismo»[49].

Siguiendo esta misma línea de interpretación, Ricardo Gullón explica la inserción de la novelita de Jugo dentro de la novela de Unamuno, como una necesaria duplicación a través de la cual este hace realidad la posibilidad de que el soñado escape a su destino convirtiéndose en soñador: «Si Jugo vive, Unamuno no muere; el personaje es complemento del creador, y su justificación. Y Jugo a su vez soñará al otro, al tercero novelesco, pues cuando deje de hacerlo dejará de soñarse a sí mismo y se desvanecerá»[50]. Es decir, para Gullón también la relación existente entre Jugo y el protagonista del libro que éste lee duplica la relación existente entre Unamuno y Jugo. Al preguntarse por la finalidad que cumple en la obra dicha duplicación, y aunque en este caso la considera innecesaria teniendo en cuenta el carácter autobiográfico de la narración, concluye que sin duda «ensancha y prolonga de algún modo las resonancias del conflicto íntimo»[51]. En un interesante artículo, Inés Azar aborda de nuevo la cuestión de la estructura novelesca de *Cómo se hace una novela*. Partiendo otra vez de la interpretación propuesta por Zubizarreta, para Azar la relación estructural de los tres relatos de los que ya hablaba aquel

---

[47] *Ibíd.*, pág. 215.
[48] *Ibíd.*, pág. 218.
[49] *Ibíd.*, pág. 219.
[50] Gullón, *Autobiografías de Unamuno, op. cit.*, pág. 285.
[51] *Ibíd.*, pág. 284.

«sigue un esquema topológico bastante simple: el repetitivo, que a menudo crea la ilusión de un espacio infinito por su ilimitada posibilidad de repetición»[52]. Advierte Azar que, aunque no hay en esta obra una repetición exacta del mismo relato en los tres planos —siendo el plano más externo demasiado denso y particularizado como para admitir cualquier reiteración literal—, sí que existe, en cambio, un idéntico sentido último de lo reiterado: «un libro escrito o leído, y una amenaza de muerte que compromete la existencia del protagonista»[53]. Paul R. Olson sigue la misma línea interpretativa de los tres relatos enchufados unos en otros «y mediatizados por varios autores, editores o traductores, enchufados unos en otros», y afirma que el modelo literario fundamental que Unamuno pudo seguir al valerse de ese procedimiento es el *Quijote*[54]. También Gonzalo Navajas señala que, en virtud de la estructura de *Cómo se hace una novela*, «todos quedamos incluidos en una serie de ficcionalización encadenada sin que sea posible hallar un origen a la serie»[55]. La Rubia Prado compara la estructura de la obra con las posteriores ruinas circulares borgeanas, y advierte que: «ninguno de los libros que componen esta cadena especular tiene título, dato significativo porque así se desencializa la individualidad textual que cada uno construye. O mejor dicho, los tres (o los libros infinitos que infinidad de personas pueden potencialmente leer) podrían titularse lo mismo: *Cómo se hace una novela (o una vida)*»[56]. Por su parte, también Bénédicte Vauthier establece una relación entre la estructura de *mise en abyme* y el tema de la lectura —presente a nivel metafórico y alegórico—, que puede considerarse «motivo fundamental» de *Cómo se hace una novela*[57].

---

[52] Azar, art. cit., pág. 194.
[53] *Ibíd.*, pág. 195.
[54] Paul R. Olson, «Introducción» a Miguel de Unamuno, *Cómo se hace una novela*, Madrid, Guadarrama, 1977, págs. 12-13.
[55] Gonzalo Navajas, *Miguel de Unamuno: Bipolaridad y síntesis ficcional. Una lectura posmoderna*, Barcelona, PPU, 1988, págs. 55-56.
[56] La Rubia Prado, *op. cit.*, pág. 42.
[57] Vauthier, *op. cit.*, pág. 47.

Zubizarreta, y todos los que después han seguido esa línea de interpretación, parten de lo dicho por el propio Unamuno en el «Prólogo» cuando compara la estructura de su obra con esas cajas japonesas que encierran otra y esta otra. Afirma, por ejemplo, Azar que el propio Unamuno era consciente de la estructura topológica de su obra, desde el momento que intentó explicarla por medio del símil de las cajas japonesas, «que son un modelo topológico clásico»[58]. La explicación unamuniana a la que se refieren es ésta:

> Y como quisiera respetar lo más que me sea hacedero al que fui, al de aquel invierno de 1924 a 1925, en París, cuando le añada un comentario le pondré encorchetado, entre corchetes, así [ ].
> Con esto de los comentarios encorchetados y con los tres relatos enchufados, unos en otros que constituyen el escrito, va a parecerle éste a algún lector algo así como esas cajitas de laca japonesas que encierran otra cajita y ésta otra y luego otra más, cada una cincelada y ordenada como mejor el artista pudo, y al último, una final cajita... vacía. Pero así es el mundo, y la vida. Comentarios de comentarios y otra vez más comentarios. ¿Y la novela? Si por novela entiendes, lector, el argumento, no hay novela. O lo que es lo mismo, no hay argumento. Dentro de la carne está el hueso y dentro del hueso el tuétano; pero la novela humana no tiene tuétano, carece de argumento. Todo son las cajitas, los ensueños. Y lo verdaderamente novelesco es cómo se hace una novela.

En la explicación de la estructura narrativa de todos los estudiosos que acabo de citar se ha interpretado la alusión unamuniana a «los tres relatos enchufados» a partir del relato que lee Jugo —el relato que este protagoniza y el que a su vez protagoniza Unamuno— cuando en realidad creo que el autor se refiere más bien a los comentarios «encorchetados» que añadió en la versión de 1927[59]; es decir, esos diferentes «relatos

---

[58] Azar, art. cit., págs. 194-195.
[59] Realmente Inés Azar sí advierte, aunque sea de pasada, que los círculos concéntricos de los diferentes relatos se combinan con los de «las tres redacciones» en un complejo esquema narrativo (art. cit., pág. 203). Y Paul R. Olson, aunque

enchufados» serían las distintas y sucesivas versiones de su obra que, efectivamente, se iban «enchufando» unas en otras progresivamente. Desde mi punto de vista, la estructura narrativa no se explica tanto a partir de la existencia de esos tres relatos de los que habla la crítica, sino más bien a partir del procedimiento de amplificación continua del texto empleado por Unamuno en la construcción de esta obra (a través de los comentarios entre corchetes, el «Prólogo», el «Retrato», el «Comentario», la «Continuación», o los apuntes en forma de diario), que en realidad simboliza una posibilidad de amplificación hasta el infinito. Recuérdese que entre finales de mayo y principios de junio, Unamuno se adentra en un proceso casi obsesivo de reelaboración de su texto primitivo, tomando como base la traducción francesa de Cassou, en la que añade numerosas interpolaciones haciéndose una y otra vez cuestión de sí mismo[60]. En realidad, ya el

---

básicamente sigue la interpretación de la estructura de la obra que da Zubizarreta, también sugiere que a los tres relatos enchufados, se añaden después la «Continuación» y comentarios finales, «que forman algo así como una serie de cajitas exteriores que contienen las tres primeras, puesto que estas, como parte de la experiencia pasada del autor, es decir, de su propia intrahistoria, existen siempre dentro de su conciencia actual de cada día. Y quizás no sea exagerado decir que las ediciones posteriores a la de 1928, que tienen también su propia peripecia, su propia novela, son otras tantas cajas exteriores, "cada una cincelada y ordenada como mejor el artista pudo"» (Olson, *op. cit.*, pág. 12). Desde mi punto de vista, el hecho de que las sucesivas continuaciones que Unamuno fue escribiendo de la obra, así como todas las variaciones que con el paso del tiempo se fueron haciendo en el texto, puedan ser consideradas como cajas que contienen las versiones anteriores supone realmente la mayor novedad y originalidad de su estructura.

[60] Salcedo, *op. cit.*, pág. 297. Una vez que Unamuno le había entregado a Cassou la versión inicial de la obra para que la tradujera y fuera publicada en una revista francesa, le declaró a este en una carta que le envía en octubre la posibilidad de que independientemente de que se publicara en una revista podría también publicarse en una tirada aparte, una *plaquette*, a la que podría adicionar algo, sugerencia que demuestra que Unamuno al poco de tiempo de terminar la primera versión ya pensó en la posibilidad de ampliarla con otros textos complementarios (Ródenas, *op. cit.*, pág. LVI), que efectivamente escribió enseguida. Unamuno justifica el ejercicio de retraducirse al castellano como una reviviscencia o *revividura* que le permite asirse a su pasado, práctica que es con acierto comparada por Domingo Ródenas con el modo en que procedía Juan Ramón Jiménez *reviviendo* sus poemas, «pero con la sustancial diferencia de que Unamuno respeta la palabra primigenia» *(ibíd.,* pág. LXI).

mismo Zubizarreta, aunque no lo relacione con la estructura de la obra, alude a esta cualidad de *interminable* del texto unamuniano:

> El estudio estructural del núcleo primitivo permite observar que, a pesar de su propia unidad interna, puede recibir prolongaciones y añadidos sobre sus 'formulaciones hipotéticas' y su carácter de 'inacabado', sobre su propia apertura a todas las posibilidades, sobre su contenido meditativo, sobre sus referencias autobiográficas condicionadas por el momento histórico. Se puede pensar que existe la posibilidad de entablar nuevos diálogos con el lector, plantearle nuevas preguntas comprometedoras —en realidad siempre la misma pregunta con nuevos giros y perspectivas—, a pesar de la fusión de los planos[61].

Estoy de acuerdo con Fernández Cifuentes cuando asegura que, en realidad, el símil de las cajas japonesas seguido a pies juntillas por parte de la crítica, y a pesar de que haya sido utilizado por el propio autor en el prólogo de la obra, «no parece una imagen afortunada» ya que en el fondo evoca el tipo de simetría que Unamuno se obstina en dispersar[62]. Recuérdese a este respecto el rechazo unamuniano de considerar la novela como un mecanismo, cuando arremete, en el interior de la misma obra que nos ocupa, contra la reseña de Azorín a una novela de Lacrettelle:

> la comparación del reló está muy mal traída, y responde a la idea del «mecanismo de su ficción». Una ficción de mecanismo, mecánica, no es ni puede ser novela. Una novela, para ser viva, para ser vida, tiene que ser como la vida misma, organismo y no mecanismo.

---

[61] Zubizarreta, *op. cit.,* pág. 105.
[62] Luis Fernández Cifuentes, «Unamuno y Ortega: leer una novela, hacer una novela», en *Essays on Hispanic Literature in Honor of Edmund L. King* (editado por L. Fernández Cifuentes y S. Mohillo), Londres, Tamesis Books, 1983, págs. 45-59, pág. 54.

Y, en efecto, la estructura narrativa de *Cómo se hace una novela* dista mucho de responder a un mecanismo complejo de perfectas simetrías; antes bien, tiene que ver con ese afán de crear un *organismo*. Ya en su temprano y conocido artículo «A lo que salga» distinguía Unamuno entre el mecanismo y el organismo como principio estructural de la novela:

> Y de esto es precisamente de lo que quiero escribir aquí, de esto de ponerse uno a escribir una cosa sin saber adónde ha de ir a parar, descubriendo terreno según marcha, y cambiando de rumbo a medida que cambian las vistas que se abren a los ojos del espíritu. Esto es caminar sin plan previo, y dejando que el plan surja. Y es lo más orgánico, pues lo otro es mecánico; es lo más espontáneo[63].

Reacciona Unamuno frente a la metáfora básica del mecanismo, para reafirmar en su lugar la metáfora del organismo, porque para él «hacer una novela» es lo mismo que crear un ser vivo. Unamuno asocia así el desarrollo de la vida humana con la estructura de la novela, y si la vida no responde nunca a un orden coherente, careciendo de un significado que pueda ser concebido unitariamente, a la estructura de la novela ha de ocurrirle lo mismo. Es decir, si no se cree en la existencia de un punto interpretativo privilegiado, a partir del cual cerrar la realidad, hay que desechar la posibilidad de escribir un argumento ficcional también cerrado[64]. De esta forma, la novela ha de carecer necesariamente de un argumento, y ha de responder más bien a un orden vital y, como tal, siempre inconcluso y abierto:

> no hay argumento. Dentro de la carne está el hueso y dentro del hueso el tuétano; pero la novela humana no tiene tuétano, carece de argumento. Todo son cajitas, los ensueños. Y lo verdaderamente novelesco es cómo se hace la novela.

---

[63] Art. cit., pág. 1195.
[64] Navajas, *op. cit.*, págs. 64-65.

Para comprender mejor esta cuestión deberíamos remontarnos a la famosa distinción que hizo Unamuno entre dos métodos de composición, el *oviparismo* y el *viviparismo*, que se fue perfilando en varios de sus artículos («Adentro», 1900; «De vuelta», 1902; y «Escritor ovíparo», 1902), hasta tomar forma en «A lo que salga» (1904). El *oviparismo* está basado en la previa planificación y articulación minuciosa de una trama; y el *viviparismo*, en la escritura espontánea, sólo dirigida por la momentánea necesidad de dar expresión a una idea obsesiva. El escritor *ovíparo* parte de un esquema previo y trabaja luego sobre él:

> Cuando se propone publicar una obra de alguna importancia o un ensayo de doctrina, toma notas, apuntaciones y citas, y va asentando en cuartillas cuanto se le va ocurriendo a su propósito, para irlo ordenando de cuando en cuando. Hace un esquema, plano o minuta de su obra, y trabaja luego sobre él; es decir, pone un huevo y lo empolla[65].

Los escritores *vivíparos*, en cambio:

> No se sirven de notas ni de apuntes, sino que lo llevan todo en la cabeza. Cuando conciben el propósito de escribir una novela, pongo por caso, empiezan a darle vueltas en la cabeza al argumento, lo piensan y repiensan, dormidos, y despiertos, esto es, gestan. Y cuando sienten verdaderos dolores de parto, la necesidad apremiante de echar fuera lo que durante tanto tiempo les ha venido obsesionando, se sientan, toman la pluma, y paren. Es decir, que empiezan por la primera línea, y, sin volver atrás ni rehacer ya lo hecho, lo escriben todo en definitiva hasta la línea última[66].

Sugiere después que la escritura *vivípara* es la que ofrece una mayor posibilidad para que el yo íntimo del autor se desnude y de a conocer en el texto, cuestión fundamental de *Cómo se hace una novela*, como veremos más abajo. Como ejemplo de escritura *ovípara* en la obra unamuniana siempre

---

[65] «A lo que salga», art. cit., pág. 1195.
[66] *Ibíd.*, pág. 1196.

se hace referencia a su primera novela, *Paz en la guerra*, en la que el autor trabajó casi unos diez años. Refiriéndose a ésta en una carta dirigida a Múgica en 1982, declara:

> Con gran trabajo, hasta material, estoy levantando el andamiaje y créame Ud. que es doloroso, después de haber consumido tantos días y tanta energía en esa obra de los andamios, más penoso que la obra misma, tener que derribarlos. Y no hay más remedio. La obra ha de parecer que surge del suelo como por generación espontánea, que salió aunada y de una pieza como Minerva[67].

Y en otra carta: «Quiero hacer un libro definitivo, del que tenga que arrepentirme lo menos posible, y si llego a una segunda edición no retocar la primera»[68].

Esa pretensión temprana de escribir un libro «de una pieza», «definitivo», pronto será abandonada por Unamuno, para situarse casi en las antípodas. Así, ya desde *Amor y pedagogía* (1902), las pretensiones unamunianas de «parir» una obra definitiva y terminada desaparecen, al poner en práctica aquello que él mismo calificaba de escritura *vivípara*[69]. En «A lo que salga», publicado en 1904, confiesa: «Yo casi siempre he producido ovíparamente; más, desde hace algún tiempo, he ensayado a producir vivíparamente»[70]. Desde este momento «a lo que salga» es, en Unamuno, una manera deliberada y consciente de escribir. En el caso concreto de *Cómo se hace una novela*, quizás más que en ninguna otra de sus novelas, se deja ver esa preferencia por una composición espontánea surgida al tenor de las circunstancias concretas y de las preocupaciones del momento.

Quisiera recodar a propósito de todo esto que cuando Unamuno decide preparar la edición española de *Cómo se*

---

[67] Cit. por Caudet, *op. cit.*, pág. 32.
[68] *Ibíd.*, pág. 31.
[69] Como bien señala Ródenas, esa forma de composición «a lo que salga», «fue sólo una de las respuestas que los escritores europeos del cambio de siglo dieron a la insatisfacción ante los realismos decimonónicos, la filosofía positivista en que se sustentaban y los modos de presentación por ellos establecidos» (Ródenas, *op. cit.*, pág. XXIV).
[70] Art. cit., pág. 1196.

hace una novela para la edición de Buenos Aires, no recupera el original en español que le entregó a Cassou, sino que retraduce la traducción al francés que a su vez Cassou había hecho del original en español para publicar la obra en Francia. Si nos preguntáramos por los motivos que le conducen a ello, cabría pensar que Unamuno ya no disponía de su original, pero si tenemos en cuenta que en la misma obra declara: «Ni sé con qué ojos volvería a ver aquellas agoreras cuartillas [...] Prefiero retraducir de la traducción francesa», cabría suponer que existen otros motivos que le llevaron a optar por retraducir su texto y que ellos tienen que ver con la misma concepción novelesca que desarrolla en el interior de la obra. Al ofrecernos una retraducción del texto original, y no este mismo, no sólo le resta importancia a la noción de «texto original» (recordemos que para él todo son «comentarios de comentarios»), sino que también supone una negación de la posibilidad de un texto final, definitivo y estable[71]. Piénsese que la versión que Unamuno nos ofrece al traducir el texto de Cassou no es más que una entre infinitas posibles versiones que se hubieran podido hacer.

Naturalmente, la expresión más exacta de una forma de composición que rehúye la fijación es precisamente la negación de la posibilidad de dar fin a la obra, o, lo que viene a ser lo mismo, la aceptación de una multiplicidad de finales posibles[72]. Ya en el mencionado artículo «A lo que salga», Unamuno insinúa al final del texto su aspiración a una escritura sin fin: «Y basta. Basta por ahora. Hay que dejar siempre suelto el cabo de la vida. Sólo en la ficción novelesca empiezan por completo y por completo acaban las cosas. ¡Que no acabe este ensayo, que no acabe ninguna de mis obras, que mi vida no acabe, Dios mío!»[73]. Más tarde, en el relato «Y va de cuen-

---

[71] La Rubia Prado, *op. cit.*, págs. 32-33. Además, el epistolario entre Unamuno y Cassou, recientemente publicado por Bénédicte Vauthier, revela que en octubre de 1927 el francés seguía poseyendo el original de *Cómo se hace una novela*, y que Unamuno no se lo pidió meses antes, cuando comenzó la redacción de la versión española (Vauthier, *op. cit.*, pág. 159, n. 6).

[72] Fernández Cifuentes, art. cit., pág. 57.

[73] Art. cit., pág. 1204.

to», recogido en el libro *El espejo de la muerte* (1913), el autor, que se introduce como personaje en la narración, precisa sobre su manera de entender la invención novelesca: «Una buena novela no debe tener desenlace, como no lo tiene, de ordinario, la vida. O debe tener dos o más, expuestos a dos o más columnas, y que el lector escoja entre ellos el que más le agrade»[74]. Al año siguiente reiterará en *Niebla*, por boca del personaje Víctor Goti: «Voy a escribir una novela, pero voy a escribirla como se vive, sin saber lo que vendrá»[75]. Años después, en varios momentos de *Cómo se hace una novela*, el figurado relato de Jugo le da pie a Unamuno a reflexionar largamente acerca del asunto del fin de la novela. Para Unamuno la cuestión al respecto es clara: la novela no ha de tener fin. Declara Unamuno la imposibilidad de dar fin a la novela de Jugo y que no le interesa el típico lector aficionado a muertes de la novela realista, con un interés folletinesco sólo acerca de cómo acabarán los personajes; es decir, aquel lector pasivo que busca novelas acabadas, pero que es incapaz de «comerse» los libros, que es incapaz de sentir como propia la agonía de Jugo[76]:

> Esta novela y por lo demás todas las que se hacen y no que se contenta uno con contarlas, en rigor no acaban. Lo acabado, lo perfecto, es la muerte y la vida no puede morirse. El lector que busque novelas acabadas no merece ser mi lector, él está ya acabado antes de haberme leído.

Pero no sólo reflexiona el autor sobre la imposibilidad de dar un final a la novela, sino que hace evidente esa convicción a través de la mima estructura del texto. En el relato de Jugo,

---

[74] «Y va de cuento», en *El espejo de la muerte*, recogido en *Obras completas*, Madrid, Escelicer, 1966, vol. II, págs. 536-539, pág. 537.

[75] *Niebla, op. cit.*, pág. 199.

[76] En el epílogo de *La novela de don Sandalio, jugador de ajedrez*, dirá en términos muy similares: «Mis lectores, los míos, no buscan el mundo coherente de las novelas llamadas realistas —¿no es verdad, lectores míos?—; mis lectores, los míos, saben que un argumento no es más que un pretexto para una novela, y que queda, ésta, la novela, toda entera, y más pura, más interesante, más novelesca, si se le quita el argumento» (*Abel Sánchez, San Manuel Bueno, mártir, Cómo se hace una novela y otras prosas, op. cit.*, págs. 378-379).

junto a algunas partes que están narradas en pasado, hay otras, ya en la parte final de la obra, que están narradas en condicional, dejando abiertas así «posibles vías alternativas desencadenantes de la acción»[77]. Asimismo, en *Cómo se hace una novela* la temprana intención de ampliar el núcleo primitivo, así como la clara voluntad de poner en evidencia una posibilidad de ampliación continua, parecen ser muestra palpable de esta determinada forma de composición. A través de la lectura de la obra es posible apreciar una permanente tensión entre la necesidad de dar fin a la novela (la vieja pretensión de hacer una «obra definitiva») y la imposibilidad de hacerlo. Obsérvese a este respecto como las últimas frases del texto central primitivo, de la «Continuación», o de los apuntes añadidos el 30 de julio, el 3 de agosto y el 5 de agosto tienen un cierto carácter conclusivo, como si el autor hubiera decidido terminar ya su obra y como, sin embargo, al surgir en él nuevas reflexiones, se hubiera visto obligado a continuar al día siguiente[78]. Naturalmente, el diario, que sólo fue escrito durante siete días, nos sugiere la posibilidad de una mayor prolongación, pues podría haber sido continuado a lo largo de todo el tiempo que durara la vida de quien lo escribe.

Siguiendo de nuevo a Fernández Cifuentes, podría decirse que *«Cómo se hace una novela* (y, desde luego, el núcleo central con el mismo título) se originan con la amenaza de un final y consisten en una cadena de obstáculos para impedir que ese final se realice»[79]. En resumidas cuentas, en *Cómo se hace una novela*, las continuas digresiones no son un accidente, sino la esencia misma del texto; los añadidos al texto primitivo no cumplen tan sólo con la esperada función de comentar, matizar o corregir a aquel a partir de las nuevas circunstancias de escritura, sino más bien con la función de interrumpirlo continuamente: «la imagen última del texto

---

[77] Carlos Javier García, *Metanovela: Luis Goytisolo, Azorín y Unamuno*, Madrid, Júcar, 1994, pág. 75.
[78] Zubizarreta, *op. cit.,* pág. 111.
[79] Fernández Cifuentes, art. cit., pág. 57.

de Unamuno es seguramente la de un discurso constantemente interrumpido»[80].

Creo, en definitiva, que estamos ante una de esas creaciones literarias sustentadas en la creencia de que el único orden que puede imponer el hombre a la situación en que se encuentra es, precisamente, la organización estructural desordenada que permita una toma de conciencia de esa situación. Así, frente a la poética de la totalidad del texto definitivo, a la que aspiraba Unamuno cuando escribió *Paz en la guerra*, existe otra posibilidad de tentativa de dar cuenta de la infinitud del mundo, que es la novela construida, en su totalidad, con digresiones. Al aplazar la conclusión se multiplica, en una fuga perpetua, el tiempo en el interior de la obra, convirtiéndose así la digresión en una estrategia perfecta para conseguir ese efecto de tiempo ilimitado. Dicho con palabras unamunianas, la *eternización de la momentaneidad* se consigue así a través de la *momentaneización de la eternidad*[81].

---

[80] *Ibíd.*, pág. 56. Podríamos relacionar la poética unamuniana en este punto con lo que Ricardo Piglia ha llamado «arte de la interrupción» o «arte de la interferencia» (*El último lector*, Barcelona, Anagrama, 2005, págs. 45-46), o con lo que el novelista español Enrique Vila-Matas ha llamado en algunas de sus recientes novelas «el arte del extravío» *(Bartleby y compañía*, Madrid, Anagrama, 2000, pág. 57) o del «simple parloteo» *(Doctor Pasavento*, Madrid, Anagrama, 2005, pág. 153). *Vid.* mi artículo «La obra narrativa de Enrique Vila-Matas: entre la poética del silencio y la escritura infinita», *Bulletin Hispanique* (2008), en prensa.

[81] Como bien ha demostrado La Rubia Prado, las ideas unamunianas y fundamentalmente su preferencia por ese relato radicalmente fragmentario del que venimos hablando conectan con la teoría romántica de la representación. Para los románticos alemanes, el fragmento, género romántico por excelencia, representa el fracaso de la razón en la representación. El texto fragmentario simboliza una absoluta falta de cierre, es el texto «en proyecto», el texto nunca completo al que nunca se podrá dar final y que por tanto nunca se podrá considerar perfecto. Y a esa preferencia por el texto fragmentario llega Unamuno por la convicción de que la vida nunca podría ser definida en una frase o texto perfectos que no serían más que abstracciones. La definición mata porque es necesariamente excluyente y limitadora, como Unamuno afirma en *Cómo se hace una novela*: «lo acabado, lo perfecto, es la muerte y la vida no puede morirse» (La Rubia Prado, *op. cit.*, pág. 30).

5.2. *El prólogo es novela*

En la materialización de esta idea un lugar fundamental ocupa la reincidente costumbre unamuniana de ampliar sus obras con prólogos, prostprólogos o todo tipo de apéndices o epílogos. Decía al comienzo de esta introducción que la compleja configuración textual de la obra (formada por un «Prólogo», el «Retrato de Unamuno por Jean Cassou», un «Comentario», el cuerpo central de la obra, titulado «Cómo se hace una novela», una «Continuación», y unos añadidos en forma de diario), su total dispersión y la progresiva descentralización del núcleo central a medida que la obra fue ampliándose, adquieren una importancia capital para su justa interpretación. Cuando leemos esta obra, nuestra experiencia tiene algo de frustrante, de una espera siempre retardada hacia una conclusión que nunca termina de llegar. Al ir avanzando por esa maraña de textos esperamos siempre llegar a un núcleo central del relato al que en realidad nunca llegamos. La sensación que se desprende de la lectura de una obra como ésta es que escribir (y leer) es empresa desesperada, un eterno recomenzar. Esta idea fue expresada por Unamuno en alguna ocasión. Así, por ejemplo, en «Una entrevista con Augusto Pérez» (1915), leemos:

> ¿Y si todo este mi ensayo de hoy no fuese él más que un proemio? ¿Por qué no ha de hacer uno una obra que toda ella sea prólogo o prefacio? Los libros mejores no son sino prólogos. Prólogos de un libro que no se ha de escribir jamás, afortunadamente[82].

Como consecuencia de esa frustración ante la imposibilidad de escribir el libro total que lo dijera *todo*, todo texto se

---

[82] *Obras completas* (ed. de Manuel García Blanco), Madrid, Afrodisio Aguado, 1958, vol. X, pág. 334. Unamuno coincide en esto con Ortega, quien confesaba también no haber escrito nunca sino prólogos (Gullón, *Autobiografías de Unamuno, op. cit.*, pág. 253).

convierte en un prólogo o, lo que es lo mismo, el prólogo es la novela propiamente dicha. Y, efectivamente, en alguna ocasión declaró Unamuno que casi todos los prólogos de las obras literarias son también literatura. Concretamente, en el prólogo a la tercera edición de *Vida de Don Quijote y Sancho*, leemos: «En el prólogo del *Quijote* —que, como casi todos los prólogos (incluso éste) no son apenas sino mera literatura»[83]. Recordemos también que en *Tres novelas ejemplares y un prólogo* (1920), en este último declara explícitamente que este también es novela:

> lo mismo pude haber puesto en la portada de este libro *Cuatro novelas ejemplares*. ¿Cuatro? ¿Por qué? Porque este prólogo es también una novela. Una novela, entendámonos, y no una *nivola*; una novela. [...] Y este prólogo es, en cierto modo, otra novela; la novela de mis novelas. Y a la vez la explicación de mi novelería. O si se quiere, *nivolería*. [...] Y este prólogo es otra novela. Es la novela de mis novelas, desde *Paz en la guerra* y *Amor y pedagogía*, y mis cuentos —que novelas son— y *Niebla* y *Abel Sánchez* —está claro la más trágica de todas—, hasta las *Tres novelas ejemplares* que vas a leer, lector[84].

Pero también en el artículo titulado «El material del estilo», del libro *Alrededor del estilo* (1924), anterior a *Cómo se hace una novela*, Unamuno decía: «Todo es aquí apéndice, lo que quiere decir que todo es entraña»[85].

En realidad, la importancia concedida por Unamuno al prólogo como parte esencial del conjunto de una obra data de fechas muy tempranas. Ricardo Gullón ya nos llamó la atención sobre la extraña y novedosa configuración de una novela como *Amor y pedagogía*. El mismo Unamuno nos informa en el epílogo de las circunstancias que en 1902 rodearon a la creación de esta obra: el editor Henrich, de Barcelona, deci-

---

[83] *Vida de don Quijote y Sancho* (ed. de Alberto Navarro), Madrid, Cátedra, 1988, pág. 136.
[84] *Abel Sánchez, San Manuel Bueno, mártir, Cómo se hace una novela y otras prosas, op. cit.*, págs. 117-127.
[85] En *Obras completas* (ed. de Manuel García Blanco), Madrid, Escelicer, 1966, vol. VII, pág. 928.

dió publicar la novelita de Unamuno al frente de una colección en proyecto de novelas españolas contemporáneas, pero aquélla era demasiado breve teniendo en cuenta la extensión calculada para cada uno de los volúmenes de la serie. Apremiado por estas circunstancias, Unamuno decide alargar su obra con un extenso epílogo y unos *Apuntes para un tratado de cocotología*. El 1932 reedita la novela, pero de nuevo ampliada, en este caso con un prólogo-epílogo y un apéndice al *Tratado*. La obra resultante de este proceso de ampliación (formada por dedicatoria, prólogos, parte central formada por los quince capítulos primitivos, epílogos, tratado y apéndice) es, a decir de Ricardo Gullón, «la más fragmentada y compleja» del autor[86]. El núcleo primitivo de los quince capítulos ha dejado de ser en la versión última el núcleo central de la obra. Dicho de otra manera, Unamuno ha «descentrado la historia», desde el momento en que descubrimos que en esos diversos apéndices, no sólo habla Unamuno sobre temas diversos, sino que también siguen viviendo y actuando los personajes, con lo que aquel queda convertido también en personaje. A primera vista cabría pensar que esta forma de componer es fruto de una circunstancia determinada, consecuencia de una presión editorial que obligó al autor a obrar de esa manera, y tal vez así se interpretara en el momento en el que apareció la novela. Sin embargo, leída ahora esta obra no cabe ninguna duda de que este procedimiento responde de lleno a la forma unamuniana de entender la creación («a lo que salga») y concebir la novela como organismo antes que como mecanismo[87]. De hecho, en *Niebla* reincide el autor en el mismo procedimiento, apareciendo en su primera edición la parte central precedida de un Prólogo y un Post-prólogo que comentaba al anterior y, en la segunda, ampliado todo el conjunto con una historia de la obra escrita en 1935. Recordemos además que, en esta obra, el Prólogo está firmado por Víctor Goti, uno de los personajes de la trama novelesca; y el Post-prólo-

---

[86] Gullón, *Autobiografías de Unamuno, op. cit.*, pág. 54.
[87] *Ibíd.*, pág. 55.

go, por Miguel de Unamuno, convertido también en personaje, que replica y contesta lo que Goti afirma en el texto anterior. El significado último de la novela se perdería si prescindiéramos de la lectura de cualquiera de esas partes complementarias, pues aquí de nuevo la narración propiamente dicha ha quedado descentralizada, convirtiéndose tan sólo en una pieza más del conjunto.

Ya hemos visto cómo también la novela *Cómo se hace una novela* sufre un proceso de ampliación, de tal forma que en la versión de 1927, esta adquiere un significado que no está todavía presente en la versión primera. Pues bien, leyendo ahora el proceso de escritura de esta obra a la luz de lo que ya había hecho en obras precedentes como *Amor y pedagogía* y, sobre todo, *Niebla*, propongo que se lea el «Retrato» de Jean Cassou y el «Comentario» a éste, firmado por Unamuno, de la misma manera que en *Niebla* se lee el Prólogo firmado por Víctor Goti y el Post-prólogo firmado por Unamuno. Aunque dicha propuesta pudiera resultar arriesgada, creo que no carece de justificación si atendemos a la particular poética narrativa unamuniana. Recordemos que en un momento del núcleo central del texto de *Cómo se hace una novela*, Unamuno arremete contra la supuesta impersonalidad y objetividad de Flaubert, concluyendo que todas las criaturas de ficción son su creador. Ello le lleva a la certeza de que cuando él escribe de Alfonso XIII o de Primo de Rivera, éstos se convierten en creaciones suyas, y en parte de él, lo mismo que su Augusto Pérez[88]. Pues bien, si Primo de Rivera es a Unamuno lo que Augusto Pérez, el prólogo de Cassou es a esta obra, lo que el prólogo de Víctor Goti a *Niebla*.

Si aceptamos esta forma de leer la obra, que creo que es la que nos está sugiriendo el propio autor, entonces, tendremos que aceptar que en ella se está dando un paso más allá en la

---

[88] En su biografía de Unamuno, Salcedo constata la anécdota, realmente graciosa y significativa respecto a lo que podríamos considerar el triunfo de la ficción unamuniana, de que en la Biblioteca General de la Universidad de Salamanca, Víctor Goti, personaje, figura en su ficha correspondiente como prologuista de un libro de don Miguel (Salcedo, *op. cit.*, pág. 181).

concepción de la *nivola* unamuniana: pues si en *Niebla*, personajes de ficción, como Víctor Goti o el mismo Augusto Pérez, adquirían la categoría de entes de carne y hueso, al firmar el Prólogo, o enfrentarse cara a cara con el propio Miguel de Unamuno, en el caso de *Cómo se hace una novela* se produciría el proceso contrario, ya que aquí criaturas de carne y hueso, como Jean Cassou, adquieren el estatuto de personajes de ficción, desde el momento en que pasan a dialogar en el interior del texto —en este caso a través del «Comentario» al retrato firmado por Unamuno—, con el autor, que por supuesto también ha adquirido la categoría de personaje de ficción. Como bien vio Ricardo Gullón, si el prólogo se convierte en novela para Unamuno es porque es en el espacio del prólogo donde él, «el personaje, hablando en primera persona, intentará explicarse para revelarse y por medio de la revelación crear su auténtico yo»[89].

5.3. *El autor convertido en personaje de ficción o «el pacto ambiguo» de la autoficción*

En numerosas ocasiones afirmó Unamuno que toda novela verdaderamente original es autobiográfica. En el epílogo de *La novela de don Sandalio, jugador de ajedrez*, por ejemplo, donde el autor expone algunas de sus ideas estéticas, reafirma esa naturaleza autobiográfica de la escritura narrativa: «toda biografía, histórica o novelesca —que para el caso es igual—, es siempre autobiográfica, [...] todo autor que supone hablar de otro no habla en realidad más que de sí mismo. [...] Y por otra parte, toda autobiografía es nada menos que una novela»[90]. En otras muchas ocasiones reitera esta idea, que también intenta llevar a la práctica en su producción novelística, en la que nunca pretendió disimular la presencia del autor, de sus preocupaciones, sus obsesiones y sus temores. Pero en ninguna

---

[89] Gullón, *Autobiografías de Unamuno, op. cit.*, pág. 246.
[90] *Abel Sánchez, San Manuel Bueno, mártir, Cómo se hace una novela y otras prosas, op. cit.*, pág. 377.

otra de sus obras este aspecto se hace tan palpable como en *Cómo se hace una novela*. Ello quizás adquiera un significado más trascendente si recordamos que en 1925 publicó Ortega sus famosos e influyentes ensayos *La deshumanización del arte* e *Ideas sobre la novela*, donde se expone una poética de la novela muy distinta en varios puntos, a la que Unamuno esboza en esta obra que comienza a escribir en 1924 y publica en 1927 en su versión española. Como ya hemos visto, la obra tardó mucho tiempo en ser publicada en España, pero quizás de haberlo hecho antes hubiera suscitado un apasionante debate estético en relación a las opuestas ideas orteguianas[91].

Normalmente, se ha tendido a leer la poética unamuniana sobre la novela en oposición y como reacción a la poética del realismo, basada en el principio de imitación del mundo real. Y, efectivamente, como muchos otros de sus contemporáneos, Unamuno no podía aceptar la vieja pretensión de los narradores decimonónicos de construir en sus novelas un argumento orgánico y trabado que se encaminara hacia un final cerrado y concluyente, pues, como repite reiteradamente en *Cómo se hace una novela*, si la vida carece de guión una novela de esas características sólo sería una pálida alegoría de la misma. «El lector que busque novelas acabadas no merece ser mi lector; él está ya acabado antes de haberme leído», dice Unamuno en el texto, alejándose claramente de la novela folletinesca. Pero caeríamos en un error si relacionáramos la poética novelesca de Unamuno con la poética vanguardista y deshumanizada preconizada por Ortega y seguida por tantos jóvenes narradores que, por las mismas fechas, también se oponían tajantemente a la estética del realismo. Efectivamente, nada más lejos de la concepción unamuniana de la novela que los postulados orteguianos a favor de un arte deshumaniza-

---

[91] A este respecto ya advirtió Gullón: «*Teresa* y *La deshumanización del arte*. Escritas en el mismo año y ¡tan diferentes! Compararlas sería útil para medir la distancia entre sus autores. [...] A la desrealización aconsejada por Ortega oponía Unamuno la inmersión en lo real, hasta el punto de imposibilitar el deslinde entre autor y personaje» *(Autobiografías de Unamuno, op. cit.,* pág. 242).

do[92]. En realidad, las ideas expuestas por Unamuno sobre la novela en esta y otras obras se alejan tanto de una como de otra concepción; aunque, como bien ha visto Ródenas, al mismo tiempo, también «a ambas le unen ciertos rasgos de su práctica y aun de su discurso especulativo»[93]. Es cierto que afirmaciones de Ortega como la que sigue bien pudieran haber sido suscritas por Unamuno:

> La acción o trama no es la sustancia de la novela, sino, al contrario, su armazón exterior, su mero soporte mecánico. La esencia de lo novelesco —adviértase que me refiero tan sólo a la novela moderna— no está en lo que pasa, sino precisamente en lo que no es «pasar algo», en el puro vivir, en el ser y el estar de los personajes[94].

Sin embargo, en el apartado que dentro de este mismo ensayo Ortega dedica al «Hermetismo», las disidencias con respecto a la poética unamuniana son más que evidentes. Recordemos que para Ortega:

> Es menester que el autor construya un recinto hermético, sin agujero ni rendija por los cuales, desde dentro de la novela, entreveamos el horizonte de la realidad. [...] ¡Cómo voy a interesarme por los destinos imaginarios de los personajes si el autor me obliga a enfrentarme con el crudo problema de mi propio destino político o metafísico! El novelista ha de intentar, por el contrario, anestesiarnos para la realidad, dejando al lector recluso en la hipnosis de una existencia virtual[95].

Todo lo contrario a lo que Unamuno nos propone en *Cómo se hace una novela*. En cuanto a los puntos de disidencia con respecto al arte deshumanizado de Ortega, quizás el más

---

[92] Fernández Cifuentes ha analizado pormenorizadamente la poética de la novela que Unamuno expone en *Cómo se hace una novela*, en relación con los ensayos de Ortega (art. cit.).

[93] Ródenas, *op. cit.*, pág. XXXII.

[94] *Ideas sobre la novela*, en *Obras completas*, Madrid, Alianza, 1983, vol. 3, págs. 387-419, pág. 407.

[95] *Ibíd.*, pág. 411.

importante de ellos sea precisamente la pretensión de este de aislar el arte y, en consecuencia, la novela, de la vida y de la historia. Dicha pretensión de aislamiento trae consigo otras de gran trascendencia, como es aquella de mantener bien diferenciados los papeles de autor, personaje y lector. Mientras que para Ortega el autor no debe nunca interferir en el texto, rompiendo su hermetismo, y remitiéndonoslo a la realidad, en el caso de Unamuno, no hay más que pensar en la obra estudiada así como en otras muchas de las suyas, como la misma *Niebla*, para deducir que tales interferencias estaban más que justificadas dentro de su particular concepción novelística. Por otro lado, y a diferencia de Ortega, Unamuno no sólo rompe con la supuesta distancia existente entre el autor y el personaje, al reconocer reiteradamente en toda forma de escritura una labor autobiográfica, sino que en su opinión enajenar al autor y al personaje no es más que una falacia intelectual[96].

En muchas ocasiones Unamuno reiteró esa idea tan suya de que las criaturas de ficción sobreviven a su autor, teniendo más vida que este. De ahí, e impulsado por una insaciable hambre de inmortalidad, pasó a convertirse a sí mismo en personaje de novela. Mucho se ha insistido ya acerca de esta práctica unamuniana y de que aquel que dialogaba con sus personajes en novelas como *Amor y pedagogía* o *Niebla* «no es el autor, sino alguien que le habita y tal vez le sobreviva»:

> Ahora muerto Unamuno —declara Gullón—, podemos comprobar la realidad del aserto. Leyendo *Amor y pedagogía* o *Niebla*, el Unamuno de quien hablan el anónimo prologuista de la primera, y Víctor Goti en la segunda, es una figura más entre las ficticias con las cuales se comunica: don Fulgencio, Augusto, Apolodoro viven en nuestra mente con la misma vida que su creador alcanza. Pensamos en ellos, hablamos de ellos y discutimos sus problemas como pensamos, hablamos y discutimos los de Unamuno. Desaparecieron las barreras entre realidad y fic-

---

[96] Fernández Cifuentes, art. cit., pág. 51.

ción; el autor muerto es otro espectro, otro ente de papel que revive en la memoria de quienes le recuerdan[97].

En *Cómo se hace una novela* se va aún mucho más allá que en las novelas anteriores, ya que aquí encontramos por vez primera en el contexto de la obra unamuniana una obra de ficción protagonizada por un personaje que *es* Unamuno[98], y en la que los personajes históricos, como Alfonso XIII o Primo de Rivera, se convierten en las criaturas ficticias que viven y actúan en la novela que Unamuno está haciendo al vivir.

La idea rondaba por la cabeza de Unamuno desde hacía tiempo. En el prólogo a *Tres novelas ejemplares y un prólogo*, dice: «Porque, ¿quién soy yo mismo? ¿Quién es el que se firma Miguel de Unamuno? Pues... uno de mis personajes, una de mis criaturas, uno de mis agonistas»[99]. Y dos años antes de que iniciase la escritura de *Cómo se hace una novela*, escribió en uno de sus artículos:

> Soy un mito que me estoy haciendo día a día, según voy llevado al mañana, al abismo, de espalda al porvenir, y mi obra es hacer mito, es hacerme a mí mismo en cuanto mito. Que es el fin de la vida hacerse un alma, como dije al final de uno de mis sonetos[100].

La idea será materializada poco tiempo después en *Cómo se hace una novela*, donde la conversión del autor en personaje se llevará a sus últimas consecuencias. Pero, entiéndase bien, no se trata solamente de que el autor hable por boca de sus personajes, de que novelice su problemática y sus obsesiones (como venía haciéndose en varias de sus novelas anteriores, por ejemplo, *Abel Sánchez),* no se trata en suma de escribir una novela auto-

---

[97] Gullón, *Autobiografías de Unamuno, op. cit.,* pág. 57. Recuérdese a propósito de todo esto que durante el destierro Unamuno utilizó el seudónimo de Augusto Pérez.
[98] Azar, art. cit., pág. 185.
[99] *Abel Sánchez, San Manuel Bueno, mártir, Cómo se hace una novela y otras prosas, op. cit.,* pág. 124.
[100] «Yo, individuo, poeta, profeta y mito» (1922), en *Obras completas*, Madrid, Escelicer, 1966, vol. X, pág. 512.

biográfica al estar protagonizada por un personaje, que dentro del marco de la ficción, funcione como *alter ego* del autor *(San Manuel Bueno, mártir)*. Tampoco se trata sólo de hacer irrumpir en la ficción un personaje que se llama Miguel de Unamuno con el que enfrenta a sus propias criaturas (como ya habíamos visto en *Niebla)*. Por supuesto, no es sólo que se afirme, como efectivamente lo hace en *Cómo se hace una novela*, que toda novela que nace viva es en esencia autobiográfica. Como bien vio Inés Azar, por primera vez en la obra unamuniana, en *Cómo se hace una novela* se va a ir aún mucho más lejos en la identidad entre novela y autobiografía, realizándose ésta plenamente. En *Cómo se hace una novela* se afirma, no sólo teórica, sino también prácticamente, es decir, se crea, la identidad entre la realidad y la ficción. En esta obra, Unamuno se propone demostrar cómo «la ficción puede modificar a la realidad y aun crearla»[101]. En definitiva, ya no se trata sólo de incluir elementos autobiográficos o fragmentos históricos en una estructura novelesca para dar mayor verosimilitud a la novela, sino de construir la novela como un simulacro autobiográfico.

En la novela contemporánea, y por supuesto en las de Unamuno, han sido muchos los procedimientos utilizados con el fin de borrar la frontera que supuestamente separa lo real de lo ficticio, de cuestionar la realidad misma de «lo real». En muchos casos se ha mezclado el plano de lo ficticio con aquel de lo supuestamente real, a veces introduciendo «agujeros de ficción en la realidad» o «agujeros de realidad en la ficción»[102]. En *Cómo se hace una novela*, no sólo recurre Unamuno a esos viejos procedimientos al introducir la novelita de Jugo dentro de la autobiografía de Unamuno y así demostrarnos que la realidad aparece cuestionada por el solo hecho de admitir en su interior dimensiones no reales, sino que va aún más lejos, al convertir la versión de 1925 en «novela dentro de la novela», en la versión de 1927. Y al Unamuno de 1925 en personaje de ficción creado por el Unamuno de 1927, a su vez personaje de ficción.

Sabido es que cuando leemos una obra de ficción, se esta-

---

[101] Azar, art. cit., pág. 196.
[102] *Ibíd.*

blece un acuerdo tácito con el autor, por medio del cual aceptamos el fingimiento de hacer pasar por real lo que por definición es ficticio. Creo que en *Cómo se hace una novela* el pacto se establece a la inversa; es decir, se pretende hacer pasar por ficción lo que por definición es real. Y ello a través de la conversión del autor (y no a un *alter ego* del mismo) en personaje de su novela, y a través de la conversión de la realidad autobiográfica (de la versión de 1925) en ficción, en texto literario que el autor lee y, como tal texto, manipula y modifica en la versión de 1927. Esa arriesgada vuelta de tuerca que Unamuno realiza en esta obra ha motivado sin duda numerosas especulaciones en torno a su problemática clasificación genérica, cuestión que intentaremos dilucidar más adelante.

Por otro lado, la originalidad de obras como la que ahora nos ocupa ha llevado a algunos investigadores a subrayar la novedad unamuniana en lo relativo al viejo problema de la representación. En este sentido, La Rubia Prado ha destacado que Unamuno, en obras como *Cómo se hace una novela* hace una aportación fundamental al respecto, pues aquí, ante el fracaso que deviene de intentar representar la vida por medio de la ficción, sólo alcanzándose a producir signos alegóricos, se propone que sea el libro, la ficción, a la que la realidad del mundo empírico deba representar. En otras palabras, para Unamuno, la realidad ha de surgir del signo, y no el signo de la realidad empírica[103]. Y esta cuestión nos lleva al fondo del problema planteado en *Cómo se hace una novela*, que hemos visto en el apartado anterior: cuando Unamuno afirma que vivir es *representar* un papel, asume al mismo tiempo, y como consecuencia de lo anterior, que «el papel, y no algo teóricamente más "profundo" configura la esencia de lo humano»[104]; y ello porque, como el mismo Unamuno afirma en el texto «el fondo de una cosa es su superficie». Lo que finalmente concluimos de la lectura de esta obra, en la que encontramos a Unamuno convertido en personaje de ficción protagonizando un texto que relata, en un inusitado esfuerzo de sinceri-

---

[103] La Rubia Prado, *op. cit.*, pág. 43.
[104] *Ibíd.*, pág. 44.

dad, su propia vida, es que el papel representado en la vida constituye irremediablemente la verdad del ser humano, pues solamente existimos en la representación.

Creo que la clave para entender el paso que Unamuno da en esta obra respecto a sus novelas anteriores podríamos encontrarla en un concepto que algunos teóricos de la literatura manejan en la actualidad con cierta asiduidad y que no existía aún en los tiempos de Unamuno. Me refiero a la llamada *autoficción*, término que desde hace unos años viene utilizándose para hacer referencia a una «nueva» especie del panorama narrativo actual. Muy recientemente Manuel Alberca ha publicado un imprescindible trabajo sobre el tema, donde, además de un intento de delimitación y definición del fenómeno de la autoficción, ofrece una completa y novedosa revisión de aquellos autores que la han cultivado en España[105]. En primer lugar, Alberca relaciona y contrapone la autoficción con sus precedentes genéticos más evidentes: las autobiografías ficticias (cuyo modelo paradigmático en España podría ser *El Lazarillo de Tormes)* y las novelas autobiográficas, de los cuales probablemente proviene, pero de los que también se diferencia, a partir de un salto cualitativo y de función muy notable. Si la novela autobiográfica es aquella en la que se disimula o disfraza el verdadero contenido autobiográfico (aunque a la larga se sugiera de manera más o menos clara)[106], por el contrario, la autoficción, que supone una «vuelta de tuerca» más en el mecanismo de la ficción, simula o aparenta ser una historia autobiográfica con transparencia y claridad a partir de la identidad nominal, explícita o implícita, del narrador y/o

---

[105] Manuel Alberca, *El pacto ambiguo. De la novela autobiográfica a la autoficción*, Madrid, Biblioteca Nueva, 2007.

[106] Según la definición de Alberca: «es ante todo una novela, es decir, un relato que se presenta con un protocolo genérico propio del pacto de ficción, según el cual el autor no puede ser identificado ni con el narrador ni con el protagonista ni con los personajes de la historia. Es decir, existe entre estos, un distanciamiento formal y pragmático, ratificado por la disociación nominal, pues, [...] ni el narrador ni los personajes de la novela autobiográfica pueden tener el mismo nombre que el autor» (Alberca, *op. cit.*, págs. 111-112). Definición que aleja a *Cómo se hace una novela* del concepto de «novela autobiográfica».

protagonista con el autor de la obra[107]. En definitiva, del disfraz ficticio utilizado en la novela autobiográfica, pasamos al uso del nombre propio verdadero del autor en la autoficción. Pero en contra de lo que cabría esperar, la ambigüedad de la primera, lejos de desaparecer, se acentúa, haciéndose más sutil e inquietante en la segunda:

> En otras palabras, lo que en la novela autobiográfica es una relación encubierta entre el autor y su personaje, que, no obstante, permite detectar el parecido entre los hechos novelescos y los sucesos biográficos comprobados, se convierte en la autoficción en una relación expresa (sin que ello no quiera decir que bajo esta no puedan producirse equívocos o imposturas)[108].

El escritor francés Serge Doubrovsky fue quien bautizó dicha modalidad narrativa, al tiempo que quiso apropiarse su paternidad cuando escribió su novela *Fils* en 1977[109]. Sin embargo, hoy está más que demostrado que ya antes algunos escritores, entre los que se suele citar a Malraux o Celine, sin utilizar el neologismo de *autoficción*, habían echado mano de ese artificio[110]. Más tarde, otros, como Barthes, Perec, Sollers o Modiano, continuaron haciéndolo muy conscientemente. En la narrativa española del siglo XX y, aunque en menor medida, también en los siglos precedentes, Alberca detecta lo que podríamos considerar autoficciones *avant la lettre*. Pues bien, afirma Alberca que *Cómo se hace una novela* podría ser considerada como uno de estos relatos autoficticios, cuya peculiaridad habría pasado inadvertida, siendo colocados sin más en el «cajón de sastre» de la novela autobiográfica o la autobiografía[111]. Asimismo, declara que el experimento auto-

---

[107] Alberca, *op. cit.*, págs. 126-128.
[108] *Ibíd.*, pág. 131.
[109] Serge Doubrovsky, *Fils*, París, Gallilée, 1977.
[110] *Vid.* Jaques Lecarme, «Autofiction: un mauvais genre?», en *Autofictions & Cie*, Nanterre, Université de Paris X, 1992, págs. 227-249.
[111] Alberca, *op. cit.*, págs. 142-143. Otros relatos contemporáneos que Alberca considera pioneros de la autoficción en España serían el mismo *Niebla* (1914) de Unamuno, o la «Trilogía de Antonio Azorín». Señala asimismo Alberca que *Cómo*

ficticio surge en Unamuno de la convicción de que no es posible el conocimiento directo de sí mismo, sino objetivándose en otro, en una criatura de ficción[112].

5.4. *El autor convertido en lector*

Como puede deducirse de todo lo expuesto hasta aquí, las cuestiones planteadas y llevadas a la práctica por Miguel de Unamuno en *Cómo se hace una novela* inciden en aquellos temas que más han preocupado a la teoría literaria de las últimas décadas (la imposibilidad de la autobiografía, el reconocimiento de la dimensión ficticia de todo discurso histórico...). Asimismo, Unamuno ocupará también un papel precursor entre aquellos que a lo largo del siglo XX han reivindicado el papel decisivo del lector en el fenómeno de la comunicación literaria.

Si, como acabamos de ver, Unamuno consideraba que aislar al autor del personaje suponía una falacia, igualmente considera que tampoco es posible mantener aislado el papel del autor con respecto al del lector. Así lo explica Fernández Cifuentes:

---

se hace una novela debería ser considerada como un tipo específico de autoficción en el que se construye el relato a partir de «la alternancia de diferentes registros narrativos o por la yuxtaposición en paralelo de una serie autobiográfica a otra novelesca, que permite reconocer con cierta facilidad los diferentes registros y factuales que componen el relato». Es decir, según la explicación de Alberca en *Cómo se hace una novela* «se estratifican sin llegar a mezclarse los siguientes elementos: una biografía («Retrato de Unamuno», de Jean Cassou, [...]), un texto autobiográfico, una metanovela autoficticia, un ensayo y un diario, pero todo bajo intención y claves interpretativas autobiográficas [...]. Esta superposición de distintos elementos narrativos no nos parece gratuita ni banal, pues sirvió al autor para escenificar novelísticamente el complicado despliegue de máscaras y de yos, para mostrar el continuo hacerse y deshacerse del personaje público Unamuno y ofrecerlo en una perspectiva múltiple y cambiante» (Alberca, *op. cit.*, págs. 180-181). Aunque disiento en el matiz de «sin llegar a mezclarse», suscribo en lo esencial la tesis de Alberca, sobre todo, por lo que puede ayudar a conectar la obra unamuniana con los intereses estéticos y narrativos actuales.

[112] Alberca, *op. cit.*, pág. 209.

Unamuno concluye que, realmente, escritura y lectura son un mismo y único ejercicio, puesto que toda escritura es en verdad la reescritura de uno o más textos anteriores (cuando menos, «del libro de la vida, de la historia que vivo, y del libro de la naturaleza») y la verdadera lectura no consiste nunca en la identificación o el reconocimiento pasivo, sino más bien en una recreación del lector, incontrolable y apenas previsible para el escritor original[113].

Esta novedosa —para la época— reivindicación del papel del lector en la comunicación literaria se produce en *Cómo se hace una novela* en un doble plano, teórico y práctico[114]. Por un lado, son frecuentes las alusiones más o menos directas a lo largo del texto acerca de cuál es en su opinión el papel que debe jugar el lector en la comunicación literaria. Así, frente a ese papel pasivo al que en principio parecía relegarle la novela realista decimonónica, Unamuno exige para sus obras un lector activo, que comparta la responsabilidad creativa con el autor. Al leer el texto el lector auténtico deberá recrearlo, hacerlo suyo: «Su función, por lo tanto, es co-creativa en la medida en que debe dotar de sentido, para él, el texto que le ofrece el autor»[115].

Pero, al mismo tiempo, y como ocurre con otros aspectos, en *Cómo se hace una novela* Unamuno materializa dentro del texto esa idea del papel activo del lector. Por un lado, obsérvese que en esta obra el lector está permanentemente presente. El autor apela constantemente a él, siendo numerosos los recursos utilizados (apóstofres directos, expresiones coloquiales propias del diálogo con un interlocutor cercano, preguntas lanzadas a un interlocutor del que parece esperar-

---

[113] Fernández Cifuentes, art. cit., pág. 52.
[114] Naturalmente, no fue Unamuno el único en reivindicar el papel del lector. También Ortega habló de «la participación de cada lector en la novela» (Ana María Fernández, *Teoría de la novela en Unamuno, Ortega y Cortázar*, Madrid, Pliegos, 1991, pág. 137). O, por poner algún otro ejemplo, Virginia Woolf hablaba del «lector coadyuvante» y «lector cómplice» (Ricardo Gullón, «Ortega y la teoría de la novela», *Letras de Deusto*, núm. 411 [mayo-agosto de 1989], págs. 104-121, pág. 117).
[115] Ródenas, *op. cit.*, pág. XXXVI.

se una respuesta) para subrayar esa presencia[116]. Pero Unamuno va a ir más lejos incluso, proponiéndonos que su obra sea contemplada en el mismo acto de su lectura. Para conseguirlo lo que hace es subrayar la correspondencia entre los papeles del autor y el lector, haciendo que en este caso también confluyan ambos en el personaje que protagoniza la obra, llamado Miguel de Unamuno. Este se refiere a sí mismo en numerosas ocasiones como lector de otros (de la Biblia, de Dante, de Giuseppe Mazzini, de Rousseau o de Carducci, etc.), pero sobre todo como lector de sí mismo, de su novela, de su vida. En este sentido, quizás el fin último al que se encaminan todas las ampliaciones a las que se somete al texto en la versión de 1927 sea precisamente el de mostrarnos en el texto al autor leyendo y reviviendo la versión primitiva de su propia obra, y al leerla volviéndola a hacer y haciéndose con ella y en ella, porque «Unamuno es la creación de su creación, el hijo de su novela, en la que, en efecto se sobrevive»[117].

Explicaba más arriba que Unamuno construye su novela a partir de una estructura abierta y susceptible de una permanente continuación a lo largo de todo lo que dure la vida de quien la escribe. Pero dicha afirmación requiere ahora ser matizada, pues, lejos de lo que cabría suponer, tampoco en ese último día ineludible de la muerte del autor tendríamos que dar por terminada la obra, ya que esta puede seguir eternamente viviendo a través de la lectura. De hecho, en la propia obra se nos intenta transmitir la posibilidad de una reelaboración y mutación interminables del texto, a partir de la presencia del propio autor dentro de la versión definitiva de la obra como el primer lector de la misma, lo que le ha conducido a continuarla con numerosas interpolaciones. Ese autor-lector se nos ofrece como modelo de futuros posibles lectores, que recrearán la obra una y otra vez haciéndola suya en

---

[116] Azar, que ha estudiado estos recursos, subraya también que se hicieron mucho más intensos y frecuentes en la tercera redacción de la obra, en 1927 (art. cit., pág. 190).
[117] *Ibíd.*, pág. 206.

la lectura[118], convirtiéndose así también en autores o creadores de la misma, de igual manera que Jugo se apropiaba para sí mismo la novela que leía[119]. De esta forma, queda claro que para Unamuno solamente la creación poética puede salvarnos del tiempo, ya que «posibilita un simulacro de presente eterno en cada actualización del texto»[120], desde el momento en que cada lector puede hacer presente a través de su lectura el tiempo ya pasado que el autor plasmó en el texto.

Así resume La Rubia Prado los papeles jugados por autor, lector y texto en la poética unamuniana: el autor crea el texto y en él se crea, creando al lector; el lector lee el texto, creándose en su lectura y, al hacerlo, crea al autor; el texto, a medida que se crea, a partir de una idea inicial del autor, crea al autor mismo, y, al tiempo, también se recrea en la lectura del lector al que crea[121]. Realmente, nunca antes de la poética unamuniana los papeles del autor, lector y texto o personaje habían adquirido una interdependencia orgánica tan explícitamente afirmada. En definitiva, si Unamuno se sitúa a gran distancia de la poética vanguardista, promulgando un arte esencialmente humano e irremediablemente autobiográfico, tampoco ello supone una vuelta o retroceso inocente al yoísmo romántico. Antes bien, en Unamuno «se pasa conscientemente de la crucial importancia del autor entre los autores románticos anteriores, a la diseminación sintética de papeles entre autor/texto/lector»[122].

---

[118] Carlos Javier García, *op. cit.,* págs 71 y 79.
[119] Como sugería más arriba, los complejos avatares del texto, mutilado primero, y vuelto después a restaurar, por medicación de la censura durante los años de la dictadura, de alguna manera reafirman esta idea.
[120] Ródenas, *op. cit.,* págs. XXXVII
[121] La Rubia Prado, *op. cit.,* pág. 22.
[122] *Ibíd.,* pág. 23.

6. El problema del género:
   escribir cómo se hace una novela es hacerla

Uno de los rasgos característicos de la producción literaria de Unamuno es el haber planteado a la crítica, y en ocasiones seguir planteando, serios problemas de clasificación genérica. Ahora bien, mientras que hay algunos textos *(Niebla*, pongamos por caso) que suscitaron esos problemas en el momento de su aparición, y que hoy ya no tendríamos problemas a la hora de clasificar como auténticas novelas, ensayos, etc., en otros casos, todavía hoy la crítica se debate en torno al problema de su ubicación en una u otra categoría genérica.

Tal es el caso de *Cómo se hace una novela*[123], aunque por supuesto no es esta la única obra unamuniana que aún hoy en día sigue planteando este tipo de dificultades. Piénsese, por ejemplo, en una obra como *Teresa* (que Gullón calificó de «novela que trata de cómo se hace un poema y para qué»[124]), o en relatos como «La sombra sin cuerpo» (1921), que el mismo autor subtituló «Fragmento de una novela en preparación», (y que para Gullón «más bien parece apunte del cual hubiera podido surgir la novela o el drama esbozado»[125]). Otra obra unamuniana que podría ser comparable a *Cómo se hace una novela*, en lo que respecta a su dificultad de catalogación, es *La novela de don Sandalio, jugador de ajedrez*. Nótese que al igual que la obra que nos ocupa (y creo que la coincidencia no es casual), esta supuesta novela lleva en el tí-

---

[123] Realmente *Cómo se hace una novela* es un libro de estructura mucho más extraña que la de otras obras suyas anteriores, como *Niebla* o *Amor y pedagogía*. Suscribo en este punto la afirmación de Paul R. Olson: «En la obra de Unamuno *Cómo se hace una novela* es la culminación de un proceso anti-novelístico iniciado en *Amor y pedagogía*, llevado a una cumbre de maestría artística en *Niebla*, y continuado aquí, más allá de la novela anti-novela, más allá del arte mismo, precisamente por el afán de convertir la vida —y la realidad misma— en novela, historia escrita para siempre» (Olson, *op. cit.*, pág. 17).
[124] Gullón, *Autobiografías de Unamuno*, *op. cit.*, pág. 233.
[125] *Ibíd.*, pág. 162.

tulo la palabra «novela». Este hecho inusual recibe una explicación en el epílogo de la obra, en el que el autor nos advierte: «me he propuesto escribir la novela de una novela —que es algo así como sombra de una sombra—, no la novela de un novelista, no, sino la novela de una novela»[126]. Gullón, que apreció la coincidencia entre esta obra y *Cómo se hace una novela*, señaló que el método seguido por Unamuno en 1927 para mostrar cómo se hace una novela, le sirvió después, en 1932, para mostrar cómo se hace un personaje[127].

Es evidente que con experimentos literarios como todos los mencionados, Unamuno participa de esa tendencia bastante generalizada en la época de preferir escribir proyectos de novelas que novelas propiamente dichas. Piénsese, por ejemplo, en el mencionado relato «La sombra sin cuerpo», con el significativo subtítulo de «Fragmento de una novela en preparación»[128]. La decisión de publicar un texto con este subtítulo podría equipararse a algunos otros proyectos literarios firmados por contemporáneos de Unamuno, como por ejemplo, el libro *Crímenes naturales*, de Juan Ramón Jiménez, al que éste se refiere como «bocetos de novelas que yo hubiera querido escribir»[129], o al concepto de *falsa novela* de Ramón Gómez de la Serna[130]. Pues bien, *Cómo se hace una novela* podría también ser emparentado con textos como los citados, en cuanto que todos ellos responden a ciertas reticencias estéticas entre

---

[126] *Abel Sánchez, San Manuel Bueno, mártir, Cómo se hace una novela y otras prosas, op. cit.*, pág. 378.

[127] «Éste, como aquella, pueden hacerse o deshacerse por sí, sin que el novelista necesite inventar sucesos interesantes o anécdotas amenas, ni discurrir frases ingeniosas, pues nada ofrecerá mayor interés ni suscitará tanta curiosidad como el titubeante proceso a través del cual el personaje se completa y la novela cristaliza» (Gullón, *Autobiografías de Unamuno, op. cit.*, pág. 317).

[128] Fue publicado en *Caras y caretas*, Buenos Aires, 16 de julio de 1921 y recogido en *Obras completas* (dir. por Manuel García Blanco), Madrid, Escelicer, 1966, vol. II, págs. 891-893.

[129] Dicho proyecto quedó inédito a su muerte, habiendo sido reconstruido y publicado póstumamente: Juan Ramón Jiménez, *Crímenes naturales* (ed. de John C. Wilcox), en *Obra poética* (ed. de Javier Blasco y Teresa Gómez Trueba), Madrid, Espasa-Calpe, 2005, vol. II, t. IV, págs. 939-1007.

[130] *Vid.* Ramón Gómez de la Serna, *Seis falsas novelas*, Buenos Aires, Losada, 1945.

algunos autores de la época a escribir novelas en el sentido más tradicional del término. Escribiendo y publicando «proyectos de novelas», en lugar de las novelas propiamente dichas, ponen el dedo en la llaga de una cuestión estética candente en el momento. Dicho de otra forma, la publicación de textos de esta índole, que se presentan figuradamente al lector como el boceto de una posible novela no escrita no es un pobre consuelo ante la imposibilidad de escribir la novela por falta de tiempo; es más bien el resultado de su concepción estética acerca de la novela; tiene que ver con la firme creencia de que el desarrollo de un argumento es algo superfluo y sobrante, de lo que la auténtica literatura debería prescindir, para quedarse sólo con la sensación o inquietud que el asunto, desnudo, nos provoca.

Ahora bien, asumido todo esto, no quita para que continúe inquietándonos dónde ubicar genéricamente una obra del tipo de *Cómo se hace una novela*, u otras similares, dentro del sistema tradicional de los géneros literarios. En principio, pudiera parecer contradictorio el que nos preguntemos una y otra vez acerca del género en el que inscribir un texto tan desconcertante como es éste, si tenemos en cuenta que el propio Unamuno ironiza en numerosas ocasiones acerca de la vana pretensión de los críticos de encerrar las obras literarias en un género determinado, de clasificar y ponerle rápidamente un nombre a todas las nuevas manifestaciones literarias. En el «Comentario» al retrato de Cassou, se detiene en la alusión de éste respecto a que sus obras son inclasificables genéricamente, desordenadas e ilimitadas, a lo que comenta: «"encasillar", *classer*, y "género", ¡aquí está el toque!». O recuérdese también, sin ir más lejos, la irónica invención del término *nivola* por parte de Unamuno para referirse a sus novelas, así como el absurdo que quería poner en evidencia con dicha invención, que confesó después en el prólogo a *Tres novelas ejemplares y un prólogo*:

> Una novela, entendámonos, y no una *nivola*; una novela. Eso de *nivola*, como bauticé a mi novela —¡y tan novela!— *Niebla*, y en ella misma lo explico, fue una salida que encontré para mis... —¿críticos? Bueno; pase— críticos. Y lo han sabido aprovechar

porque ello favorecía su pereza mental. La pereza mental, el no saber juzgar sino conforme a precedentes, es lo más propio de los que se consagran a críticos[131].

Sin embargo, no creo que, ironías unamunianas aparte, debamos los críticos desistir de la tarea de clasificar genéricamente obras como la que ahora nos ocupa. Es más, la misma insistencia de Unamuno, una y otra vez, en ese desprecio hacia la clasificación genérica, en el fondo nos está dirigiendo la mirada hacia esa cuestión, y creo que *Cómo se hace una novela*, en su dimensión metaliteraria, nos habla entre otras cosas de este asunto. Es decir, *Cómo se hace una novela* se construye como obra premeditadamente inclasificable según las convenciones genéricas de la época, con la intención clara de llamar la atención sobre este problema, que por tanto no debemos pasar por alto.

Por supuesto ha sido este asunto de la clasificación genérica uno de los que más ha preocupado en los acercamientos críticos a esta obra. Hay quien, en primer lugar, se ha conformado con calificar *Cómo se hace una novela* de obra híbrida e inclasificable. Así, Cerezo Galán afirma que *Cómo se hace una novela* no es «sino una "creación híbrida", un *collage* de experiencias, recuerdos íntimos y agrias censuras políticas, comentarios a noticias, reflexiones y notas de lectura»[132]. Nicholas, por su parte, quien cuenta *Cómo se hace una novela* entre las obras más enigmáticas de Unamuno, la califica de «colección de fragmentos novelescos, referencias literarias, evocaciones históricas, discusiones críticas, comentarios personales sobre política, religión, y filosofía»; lo que le lleva a afirmar que la obra «no se presta a una clasificación fácil, pues, en un principio, casi parece no tener forma»[133]. En la misma línea, Paul R. Olson afirma que: «no se trata ya de una novela propiamente dicha, sino de una obra de género total-

---

[131] *Abel Sánchez, San Manuel Bueno, mártir, Cómo se hace una novela y otras prosas, op. cit.,* pág. 117.
[132] Pedro Cerezo Galán, *Las máscaras de lo trágico*, Madrid, Trotta, 1996, pág. 672.
[133] R. L. Nicholas, *Unamuno narrador*, Madrid, Castalia, 1987, págs. 93-94.

mente distinto, en que entran elementos novelescos, desde luego, pero sin que estos lo definan»[134].

Otros, por el contrario, no resistiéndose a la imposibilidad de clasificación, crean nuevos términos, generalmente compuestos de más de una palabra, con los que poder nombrar la obra. Para Zubizarreta se trata de una *autobiografía novelesca*, «en la que se integran memorias y novela»[135]. Es decir, para Zubizarreta, la parte novelesca, o lo que es lo mismo el relato de Jugo de la Raza, quedaría subordinada al plano documental (autobiográfico), que es lo más importante del conjunto. Ricardo Gullón, por su parte, calificó a la obra de *novela personal*, término con el cual «quedan señaladas las dos características esenciales de este libro: en primer término, la forma escogida para presentar la problemática y los sentimientos inspiradores en la crisis de 1924-1925 es novelesca; en segundo lugar, las preocupaciones se centran en torno a la "persona"»[136]. Es decir, para Gullón lo más importante en la obra es, al contrario que para Zubizarreta, la proyección novelesca de Unamuno en la «persona» de Jugo de la Raza, que sería la clave de interpretación del libro[137]. Vauthier inscribe la obra que nos ocupa en una tradición diarística que emerge en Europa entre finales del siglo XIX y principios del XX, representada por autores como Amiel o Gide. Basándose en una afirmación de Unamuno en un artículo escrito en 1923, con motivo de una nueva edición francesa del *Diario* de Amiel, donde creaba el neologismo «éxtimo», y no «íntimo», es decir, de carácter público, y no privado, para designar su propia práctica, que oponía a la de Amiel, la citada crítica califica así de *diario éxtimo* la obra *Cómo se hace una novela*[138]. Asimismo, Vauthier deja claro que durante su destierro francés, Unamuno no escribió ninguna novela, «como si la can-

---

[134] Olson, *op. cit.*, pág. 8.
[135] Zubizarreta, *op. cit.*, pág. 319.
[136] Gullón, *Autobiografías de Unamuno, op. cit.*, pág. 269.
[137] Una revisión de las diferentes maneras en las que la obra ha sido clasificada genéricamente, puede verse en Azar, art. cit., págs. 184-185.
[138] Vauthier, *op. cit.*, págs. 31-35.

tera de la polifonía novelística se le hubiera agotado hasta que volvió a pisar España», dedicándose de lleno al cultivo de los géneros confesionarios[139]. Como fácilmente puede deducirse, el debate gira principalmente en torno a dilucidar si estamos ante una novela de apariencia autobiográfica o, por el contrario, de una autobiografía sin más ficción que la etiqueta de novela que su autor en ocasiones le da[140].

Ya hemos visto más arriba que a este variado muestrario de opiniones hay que sumarle la reciente clasificación del texto, por parte de Manuel Alberca, como una auténtica autoficción. En su mencionado trabajo, Alberca define la autoficción como «una *novela* o *relato* que se presenta como ficticio, cuyo narrador y protagonista tienen el mismo nombre que el autor»[141]. Pero acto seguido se pregunta si es la autoficción un género narrativo nuevo. Ante esta cuestión, se decide por considerar la autoficción como un modelo genérico dinámico situado en «una difícil e inestable posición dentro del sistema de los géneros literarios»[142]. Es decir, como ya habían hecho otros críticos refiriéndose a este texto unamuniano, lo clasifica como un híbrido genérico: un texto que funciona a partir de un pacto ambiguo a medio camino entre el pacto novelesco y el pacto autobiográfico que definió Lejeune[143]. «Por mi parte [concluye Alberca], sostengo que el rasgo definitorio de muchos de estos relatos es su oscilación, el no ser ni autobiográficos ni novelescos, o no serlo en exclusiva, simulando a veces ambas opciones y jugando a la confusión»[144].

Opiniones como esta parecen estar refrendadas por algunas de las alusiones del propio autor cuando se refiere a su obra.

---

[139] *Ibíd.*, pág. 30.
[140] Manuel Urrutia acuña para esta obra el término de *ensayo-novela* (*Evolución del pensamiento político de Unamuno*, Bilbao, Universidad de Deusto, 1997, pág. 237). También de *ensayo-novelado* califica, por su parte, Domingo Ródenas otra obra unamuniana como es *Vida de Don Quijote y Sancho* (*op. cit.*, pág. XIII).
[141] Alberca, *op. cit.*, pág. 158.
[142] *Ibíd.*, pág. 163.
[143] Philippe Lejeune, *Le pacte autobiographique*, París, Seuil, 1975.
[144] *Ibíd.*, pág. 172.

Efectivamente, siempre que el mismo Unamuno alude a *Cómo se hace una novela* oscila —creo que de forma muy premeditada— entre la utilización de uno u otro término. Así, por ejemplo, en un momento dado de la obra, dice: «Y después ha continuado mi novela, historia, comedia, tragedia o como se quiera». Y en carta a Jean Cassou, dice también el autor: «Cuando el otro día, querido Cassou, vino usted a corregir las pruebas de mi *Agonía* me preguntó que había hecho de mi otra agonía, de mi... (¿ensayo?, ¿novela?, ¿nivola?, ¿poema?) sobre *Cómo se hace una novela*»[145].

Sin embargo, puestos a tener en cuenta las palabras del propio autor, tampoco deberíamos pasar por alto que este también dice que «escribir contando cómo se hace una novela es hacerla». De lo que tenemos que deducir que en esta obra, en la que se cuenta cómo se hace una novela, se ha hecho en ese proceso una «novela». Y más adelante, en el mismo «Comentario», le dice al lector: «¡Si por novela entiendes, lector, el argumento, no hay novela»; de lo que deducimos que si dejamos de considerar a la novela como sinónimo de argumento, entonces sí hay novela porque según la poética unamuniana, «lo verdaderamente novelesco es cómo se hace una novela».

Si para Manuel Alberca la mezcla y la hibridación de los géneros no se resuelve en un todo o nada, «sino en una cuestión de proporción, es decir, de formas y de grados»[146], me gustaría traer a colación otras opiniones que disienten claramente de esta. Concretamente quiero recordar al respecto, la opinión de Dorrit Cohn sobre los límites funcionales entre novela y autobiografía:

> Los relatos en primera persona no son en general ni escritos ni leídos como medio-autobiográficos o medio-novelas; son propuestos y recibidos ya como unas ya como otras [...] estos textos ambiguos muestran exactamente lo contrario: que no se puede considerar un texto como más o menos ficticio, o como más o

---

[145] Carta fechada en «París 15 VII 25» (transcrita por Vauthier, *op. cit.*, pág. 248).
[146] Alberca, *op. cit.*, pág. 174.

menos factual, sino que se lee en un registro u otro, que la ficción no es una cuestión de grado, sino de género[147].

A partir de este supuesto, creo que sí se podría considerar *Cómo se hace una novela*, y tal y como nos propone su propio autor, como una auténtica novela (sin adjetivar). De hecho, en total acuerdo en este punto con Carlos Javier García, antes que pensar en géneros distintos, es «la novela misma la que resuelve la cuestión al integrar la diversidad discursiva en una unidad totalizadora»[148]. Poco hay que decir a estas alturas, tras tantos años de narrativa experimental, acerca de la índole particular del género novelesco y su rechazo a ser definido por determinadas características técnicas o estructurales. En palabras de Francisco Ayala:

> La novela carece en verdad de una determinación formal que la defina. A diferencia del soneto, cuya elasticidad, a prueba de alejandrinos y de estrambotes, es con todo limitada (y sería absurdo hablar de un soneto en prosa, como se habla de novela en verso; o —por ejemplo— de un soneto de doce estrofas), apenas hay, en cambio, «forma» cuya aplicación a una novela resulte inconcebible[149].

Evidentemente, cuando Unamuno llamaba a sus novelas *nivolas*, ya sabía que esto era así, y que el irónico neologismo resultaría del todo innecesario una vez que fuera asimilada por los lectores la ampliación de los límites tradicionales de la novela, aceptándose en ella una fluctuación entre realidad y ficción que se interpenetran hasta llegar a identificarse[150]. En *Cómo se hace una novela* da una vuelta de tuerca más en ese intento de mostrarnos la permeabilidad infinita del género de la novela. Asimismo, alcanza con ella Unamuno un punto en que la fabulación novelesca, «esa actividad de novelar tan des-

---

[147] Dorrit Cohn, *Le propre de la fiction*, París, Seuil, 2001, págs. 60-61.
[148] *Op. cit.*, pág. 68.
[149] Ayala, art. cit., pág. 421.
[150] Azar, art. cit., pág. 186.

deñada o denostada siempre, se coloca por encima de los ilustres géneros tradicionales»[151].

Pero la arriesgada propuesta de Unamuno quizá no pudiera ser bien entendida en la temprana fecha de 1927. Creo que ello sólo es posible a la luz del panorama de la literatura contemporánea, en la que ha dejado de ser una anomalía una novela que convierte la reflexión sobre la permeabilidad de los géneros en materia de la propia novela, en la que empiezan a ser legión las novelas que mezclan indiscriminadamente la «ficción» con la «realidad», el discurso tradicionalmente considerado como novelesco, con aquellos otros, tradicionalmente adscritos al terreno de lo real, como son la autobiografía y el ensayo, con el único fin de derrumbar las barreras que supuestamente distinguen al yo del autor, del personaje, o del lector. Si leemos, la novela *Cómo se hace una novela* a la luz de algunas novelas contemporáneas de excelente acogida por parte de la crítica, como son las de W. G. Sebald, Claudio Magris, J. M. Cotzee, o el español Enrique Vila-Matas, y no tanto en relación con las que escribían sus contemporáneos, es muy probable que el problema de la clasificación genérica de aquélla quedara definitivamente resuelto.

7. ACTUALIDAD DE LA OBRA

7.1. *«Cómo se hace una novela» en el contexto de la literatura de su época*

Es cierto que el asunto dominante en esta obra, así como en tantas otras de Unamuno, el problema de la personalidad escindida, que tanto le obsesionó, no es ni mucho menos pri-

---

[151] Ayala, *art. cit.*, pág. 428. El mismo Alberca, casi al final de su trabajo, y parece que muy a su pesar, se ve obligado a reconocer que: «la ficción ha ocupado y usurpado el espacio propio de los "libros sin ficción". En estos casos, entre los que cabría incluir algunas autoficciones, la novela no cesa de ampliar su territorio, ficcionalizando los hechos reales. Por tanto, es la novela, la ficción en general, la que crece e invade los terrenos de la literatura no-ficticia, colonizándola con su conocida capacidad integradora y transgresora de los límites y géneros literarios más o menos cercanos» (Alberca, *op. cit.*, pág. 287).

vativo de nuestro autor. Como bien nos recordó Gullón, en numerosos escritores, que van de Pascal a Kierkegaard, de Dostoievski a William y Henry James, Robert L. Stevenson, Oscar Wilde o Pirandello, entre otros, pudo encontrar numerosos testimonios de un interés paralelo al suyo[152]. Otra cosa distinta es encontrar en la literatura de la época una manifestación de este asunto similar a la que Unamuno lleva a cabo de forma arriesgada y singular en *Cómo se hace una novela*.

A partir de lo que escribe Unamuno el «Martes, 21 de junio» en los apuntes del diario que continúan la obra (fundamental para entender la poética unamuniana), se ha comparado frecuentemente a aquélla con algunas obras de escritores contemporáneos franceses como André Gide o Jacques de Lacretelle. Comenta Unamuno en esa anotación una reseña que Azorín escribió de la novela de Jacques de Lacretelle, *Colère* suivi du *Journal de colère*, que compara a su vez con otra de André Gide, que aunque no cita es, sin duda, *Les faux-monnayeurs* (1925), acompañada también de su correspondiente cuaderno de bitácora: *Le Journal des faux-monnayeurs* (1927), que precisamente dedicó a Lacretelle. A partir de estas reflexiones del propio Unamuno, Bénédicte Vauthier ha comparado y relacionado su proyecto novelístico con el de estos escritores franceses, fundamentalmente con el de André Gide[153]. En *Los monederos falsos* —para muchos la mejor novela de Gide— se nos cuenta una historia protagonizada por unos jóvenes adolescentes parisinos de familias acomodadas y la irrupción en sus vidas de Eduardo, tío de uno de ellos y novelista. La historia se va alternando en la novela con el texto del diario que escribe este personaje, que ocupa quince de los cuarenta y ocho capítulos y que la interrumpe constantemente, imposibilitando el progreso lineal de la misma. Al margen, Gide escribió un *Journal des faux-monnayeurs*, cuadernillo de bitácora escrito a intervalos muy irregulares, a lo largo de los

---

[152] Gullón, *Autobiografías de Unamuno, op. cit.*, pág. 153.
[153] Bénédicte Vauthier, «Miguel de Unamuno y André Gide ante el espejo», art. cit.

seis años que duró la composición de la novela homónima, y en el que resuena el eco, apenas modificado, del diario que a su vez escribe el personaje Eduardo en la novela.

Pues bien, Unamuno en su anotación discrepa de la explicación que Azorín da de este hábito de escribir diarios acerca de la construcción de una determinada novela, comparándolas con el relojero que levanta la tapa del reloj para contemplar su mecanismo; aunque nada dice acerca de la opinión que le merecen las obras en cuestión. Vauthier da por hecho que la discrepancia de Unamuno con respecto a Azorín se basa en el hecho de que el experimento literario que él estaba llevando a cabo en *Cómo se hace una novela* era muy similar al que habían realizado sus contemporáneos franceses y que Azorín no había sabido comprender[154]. Ahora bien, sin negar que tanto Lacretelle, como Gide o Unamuno coinciden por entonces en el interés por la reflexión metaliteraria que desplaza a la propia ficción a un segundo plano, y por su desprecio al argumento, hay que advertir que la obra de Unamuno es distinta a las citadas de los dos autores franceses. Argumenta Vauthier que la relación que se establece entre *Les faux-monnayeurs* y *Le Journal des faux-monnayeurs*, de Gide, podría ser comparable a la que se establece entre *Cómo se hace una novela* y alguna obra de Unamuno posterior a su exilio francés, en particular *La novela de don Sandalio, jugador de ajedrez*, y la obra de teatro *El hermano Juan o el mundo es teatro. Vieja comedia nueva*[155]. Aun admitiendo lo sugerente de tal hipótesis, disiento en lo relativo a convertir a *Cómo se hace una novela* en diario explicativo del proceso de construcción de otra de sus obras como podría ser *La novela de don Sandalio*. Ello entraría en contradicción con lo que significa *Cómo se hace una novela*, y con la misma poética que se intenta transmitir desde sus páginas. *Cómo se hace una novela* no es un comentario o explicación de una novela concreta de la obra de Unamuno o, si lo es, lo es tan sólo en el sentido unamuniano de que todo en la vida es «comentarios de comenta-

---

[154] Vauthier, *op. cit.*, pág. 45.
[155] *Ibíd.*, págs. 46-47.

rios y otra vez más comentarios». Ello, por supuesto, no quita para que puedan establecerse numerosos puntos en común entre una y otra obra, como también existen, por ejemplo, entre la poética unamuniana y la de Gide, ambos desdeñosos de ese tipo de novelas y novelistas que conceden importancia al argumento, ambos resistiéndose a la necesidad tradicional de dar un final a la novela[156], y coincidentes también en su importante contribución a la renovación de la concepción tradicional del género novelístico.

A la hora de identificar y comparar la obra de Gide y la de Unamuno, Vauthier se apoya también en el hecho de que en el *Journal*, aquél habla entre otras cosas de la técnica narrativa conocida como *mise en abyme*, mencionando una serie de ejemplos, plásticos (Memling, Quentin Metsys, Velázquez) y literarios *(Hamlet, Wilhelm Meister* o *La Chute de la maison Usher,* de Edgar Allan Poe), que han convertido este texto en una referencia crítica inexcusable para todos aquellos que se han interesado por este procedimiento. Recordemos que a partir de lo dicho por Unamuno acerca de los «relatos enchufados» y el símil de las cajas japonesas, su obra ha sido frecuentemente interpretada como un ejemplo de *mise en abyme*; pero, como he intentado demostrar en esta introducción, creo que ese tipo de estrategia narrativa no casa a la perfección con lo que pretendió hacer nuestro autor. E insisto en que el experimento narrativo adquiere un cariz diferente en uno y otro escritor.

Creo que habría que ampliar los referentes literarios que podrían ser comparados con el experimento unamuniano en *Cómo se hace una novela*. En uno de sus magníficos ensayos, el novelista y crítico argentino Ricardo Piglia habló de un fenómeno literario bastante habitual en la literatura contempo-

---

[156] En *Los monederos falsos*, leemos: «X. sostiene que el buen novelista debe, antes de empezar su libro, saber cómo acabará ese libro. Yo, que dejo que vaya el mío a la aventura, considero que la vida no nos propone nunca nada que, de igual modo que una conclusión, no pueda ser considerado como un nuevo punto de partida. "Podría continuarse...": con estas palabras quisiera yo terminar mis *Monederos falsos*» (Barcelona, Seix Barral, 1985, pág. 336).

ránea que podría darnos la clave para ubicar la obra unamuniana en una tradición literaria concreta. Se trata de las obras literarias que no tienen fin, que duran lo que dura la vida del que escribe:

> El tiempo que se emplea en escribirlas [afirma Piglia] forma parte de la textura de la obra y define su estructura. El libro crece en capas sucesivas, se va transformando; está escrito por escritores distintos a lo largo de los años; los manuscritos perdidos persisten en la obra, las diferentes versiones no se excluyen. (Varias novelas en una)[157].

Si, a partir de esta propuesta, interpretáramos la obra unamuniana como un proyecto narrativo de obra sucesiva e infinita, son otras también las obras contemporáneas que podrían ser comparadas con ella[158]. Por mi parte, y aunque sólo sea a modo de ejemplo, quiero resaltar la similitud que la obra de Unamuno tiene con la de otro de sus coetáneos, el escritor argentino Macedonio Fernández[159]. Creo que hay muchos puntos en común en la poética de ambos escritores: además de la consabida desaparición del argumento, el desnudamiento del proceso creativo y la reflexión continuada sobre el objeto narrativo, destaca el concepto de lector como autor o el continuo diálogo del autor con el lector y, sobre todo, la digresión como retórica del texto. Al igual que en la obra estudiada de Unamuno, en la de Macedonio el diálogo con el lector es continuo y casi obsesivo. Macedonio no sólo le advierte al lector que se mantenga atento y no se distraiga, sino que le exige que cola-

---

[157] Piglia, *op. cit.*, pág. 96.

[158] Fernández Cifuentes, en el trabajo arriba citado, alude en nota a *El hombre sin atributos*, de Musil, contemporáneo al texto de Unamuno (art. cit., pág. 57). Entre otras cosas, lo que podría relacionar ambas obras creo que es su condición de obras infinitas, que voluntariamente no terminan.

[159] Rodríguez Lafuente, ente otros muchos posibles modelos de la vertiente metaliteraria del *Museo de la Novela de la Eterna*, de Macedonio Fernández, cita de pasada *Niebla*, *Don Sandalio, jugador de ajedrez* y *Cómo se hace una novela*, de Miguel de Unamuno (Fernando Rodríguez Lafuente, «Introducción» a Macedonio Fernández, *Museo de la Novela de la Eterna*, Madrid, Cátedra, 1995, págs. 11-129, pág. 95).

bore con él en la construcción del libro. Por otro lado, ambos escritores coinciden también plenamente en la afirmación explícita dentro de sus obras de la imposibilidad de darles fin. Recordemos que para Unamuno: «Lo acabado, lo perfecto, es la muerte, y la vida no puede morirse. El lector que busque novelas acabadas no merece ser mi lector; él está ya acabado antes de haberme leído.» Para Macedonio Fernández, también la novela perfecta es la nunca concluida, la obra siempre en realización. No concibe la obra como orden cerrado y, al igual que Unamuno, sólo escribe para lectores que no busquen desenlaces, dedicando además su obra al «lector salteado». En términos que recuerdan mucho a los de Unamuno, dice Macedonio en su obra más conocida, *Museo de la Novela de la Eterna*, que se fue construyendo a lo largo de más de veinte años, quedando inédita e inconclusa a su muerte:

> Demás lectores: No molestemos al autor. Obra de arte en que se espera el fin ni es arte ni es emoción. Sé nuevo, lector. No adules nuestras pasiones. Que esta novela no termine. No hay más momento de arte que el de la plena lectura de presente[160].

Macedonio Fernández añade además un dato importante, que creo que Unamuno hubiera suscrito sin reservas. Se trata de que, a su parecer, y en contra de lo aparente, ninguna novela está tan concluida como la suya, «escrita del todo antes del fin y no dejando a la vista ningún seguir»[161]. Pone aquí el escritor argentino el dedo en la llaga de la eterna disyuntiva silencio/escritura; es decir, sólo renunciando a escribir la novela o nunca terminándola se puede conseguir ese anhelo de completar la representación del mundo.

Pero las coincidencias entre ambos escritores no se reducen solamente a una serie de puntos de su poética narrativa (que evidentemente no son privativos de ellos dos), sino también a los procedimientos estructurales puestos en práctica en sus obras para materializar esa peculiar concepción de la novela.

---
[160] Macedonio Fernández, *Museo de la Novela de la Eterna, op. cit.*, pág. 409.
[161] *Ibíd.*, pág. 187.

He hablado más arriba de la importancia del «prólogo» en la narrativa unamuniana, fundamental para entender sus obras si —como él afirmaba— tenemos en cuenta que la novela, como la vida, no es más que «comentarios de comentarios y otra vez más comentarios». Pues bien, también algunas de las novelas de Macedonio Fernández se construyen como una sucesión de «prólogos» que supuestamente introducen una novela que nunca llega a comenzar. En 1941 publica en Chile *Una novela que comienza*, considerada como la anticipación de su obra *Museo de la Novela de la Eterna*. Aquélla es efectivamente un conjunto de 50 prólogos a una novela que nunca comienza. Por su parte, el *Museo...* se compone de 56 prólogos, una nota de post-prólogo, 20 capítulos y tres consideraciones finales, a manera de epílogos. Es decir, estamos ante novelas que, como la de Unamuno, se constituyen a partir de prólogos, de comienzos, o de proyectos de novelas, de obras haciéndose, «escritas sólo para lectores de comienzos, los lectores perfectos»[162]. En definitiva, creo que ambos escritores coinciden por las mismas fechas en convertir, de una manera muy transgresora y revolucionaria para la época, el recurso a la digresión en el ingrediente fundamental de su poética narrativa. A partir de una novela construida en su totalidad de digresiones cumplen así ambos con su voluntad de desmembrar los géneros literarios tradicionales. Y ello porque ambos coinciden también en la creencia de que no existe la obra concluida, sino que «cualquier obra es un *ir haciéndose*, un juego de espejos sin final»[163].

7.2. «Cómo se hace una novela» en el contexto de la narrativa posmoderna: antecedente de la novela «degenerada»

Salvo contadas excepciones, la originalísima búsqueda de Unamuno de nuevos caminos para la novela era casi incomparable en el contexto del Modernismo europeo de su épo-

---

[162] Rodríguez Lafuente, *op. cit.*, pág. 39.
[163] *Ibíd.*, pág. 69.

ca[164] y, en el caso concreto de la novela española, habrá de esperarse aún muchos años para que sus geniales descubrimientos y aportaciones fueran asimilados y utilizados. Como concluía en el apartado dedicado al problema de la clasificación genérica, efectivamente creo que estamos ante una de esas obras ante las que se requiere esperar unos años para que sean entendidas y valoradas en su justa medida. De hecho, no han faltado valoraciones de *Cómo se hace una novela* no demasiado elogiosas, que quizás denoten esa falta de comprensión. En opinión de Salcedo, por ejemplo, «pensando en cómo hacer la novela, consciente de que atraviesa un momento de esterilidad, renuncia a escribirla y narra, apresurada, enfebrecida y dolorosamente, esta historia de su fracaso creador»[165]. David G. Turner lo considera un texto «confuso e inconexo»[166] y Pedro Cerezo Galán dice sobre *Cómo se hace una novela* que: «nada hay en... [el relato] consistente, ni siquiera la forma, fragmentaria y rapsódica, rota por frecuentes incisos y digresiones»[167]. Julián Marías se refirió a este libro como un texto «genial y frustrado: clave de su obra entera»[168]. No obstante, y afortunadamente, el mismo Julián Marías supo interpretar esa aludida condición de texto «frustrado» como algo que nada tiene que ver con el fracaso estético. Así, en otro trabajo declara con suma perspicacia:

> Desde hace unos ochenta años casi todas las buenas novelas son malas; quiero decir, malas novelas, que no acaban de serlo. En la medida en que quieren ser auténticas se sienten obligadas a salirse de la forma tradicional de la novela moderna —que permanece siempre en el área definida por el descubrimiento de

---

[164] Carlos-Alex Longhurst, «Teoría de la novela en Unamuno: de *Niebla* a *Don Sandalio*», en *Miguel de Unamuno. Estudio sobre su obra I: Actas de las IV Jornadas unamunianas* (Salamanca, Casa-Museo Unamuno, 18-20 de octubre de 2001), Ana Chaguaceda Toledano (coord.), Salamanca, Universidad de Salamanca, 2003, págs. 139-151.
[165] Salcedo, *op. cit.*, pág. 282.
[166] *Unamuno's Webs of Fatality*, Londres, Tamesis, 1974, pág. 107.
[167] *Op. cit.*, pág. 671.
[168] *Miguel de Unamuno*, Madrid, Espasa-Calpe, 1943, pág. 67.

Cervantes—, y eso las hace titubear en busca de sí mismas. Son novelas que no llegan del todo a serlo[169].

Efectivamente, y como también ha visto La Rubia Prado, la aparente falta de consistencia, esa confusión y desconexión del texto, que le otorgan esa apariencia de proyecto frustrado, son precisamente las que convierten a *Cómo se hace una novela* en «un texto verdaderamente relevante *hoy*»[170]. Prácticamente superada por la crítica la vieja tendencia de ubicar a Unamuno en una mal llamada «generación del 98» antimoderna, hoy se tiende más bien a señalar la precursora y novedosa aportación de su poética en un contexto literario quizás no demasiado preparado aún para asimilarlo. Curiosamente, Zubizarreta concluye su pionero trabajo sobre *Cómo se hace una novela* afirmando que «Don Miguel de Unamuno es el primer hombre contemporáneo»[171].

En esa misma línea interpretativa, hay que recordar que varios trabajos críticos recientes se han esforzado por conectar a Unamuno con el pensamiento y la narrativa posmoderna. Ya Gonzalo Navajas intentó demostrar hace veinte años que «el código semiológico de Unamuno es de modo considerable equiparable con el de la posmodernidad»[172], situándose a considerable distancia de la episteme de la modernidad. Y lo que en su opinión configura fundamentalmente la naturaleza posmoderna de Unamuno es «su oposición a un sistema epistemológico analítico-referencial y una visión logocéntrica del mundo y la cultura»[173]; es decir, como para tantos autores actuales, para Unamuno el mundo objetivo no es fiable; la realidad física se le presenta como una máscara engañosa que ha de ser desenmascarada para penetrar el núcleo más auténtico del mundo. Se trata de poner al descubierto la falacia de la objetividad para proponer una versión diferente de verdad:

---

[169] «Ensayo y novela», en *Ensayos de convivencia*, en *Obras*, Madrid, Revista de Occidente, 1964, vol. III, págs. 242-247, pág. 242.
[170] La Rubia Prado, *op. cit.*, pág. 18.
[171] *Op. cit.*, pág. 322.
[172] Navajas, *op. cit.*, pág. 9.
[173] *Ibíd.*, pág. 11.

«Más que existir platónicamente *ab initio*, en un territorio vedado al hombre desde donde desciende para iluminarlo, [para Unamuno] la verdad se produce en el proceso de producirse»[174]. Después, otros críticos, como La Rubia Prado, se han esforzado por situar a Unamuno en el campo de la «heterogeneidad» posmoderna, esa visión más «inclusiva» del mundo que evita diferenciaciones jerárquicas entre los fragmentos de la realidad, y en subrayar que el poderoso antiesencialismo de Unamuno no difiere en lo fundamental de los principios filosóficos de lo que se ha dado en llamar la posmodernidad[175]. Y es precisamente esa posición crítica y filosófica unamuniana la que le aleja tanto de la posición de Azorín, como de la juventud vanguardista de su época[176]. Recordemos que en varios momentos de *Cómo se hace una novela,* Unamuno lanza ataques contra la Vanguardia, personificada para él en «los jóvenes culteranos»; ataque que, para La Rubia Prado, supone en realidad una oposición «a la continuidad entre las múltiples dimensiones de lo existente»[177], que en su opinión promovían estos.

Ahora bien, aceptada la ubicación de Unamuno en el contexto de la posmodernidad, cabría preguntarse ¿con qué fenómeno de la narrativa actual habría que relacionar la obra *Cómo se hace una novela?* Una de las tendencias de la novela contemporánea más revolucionaria y aplaudida por la crítica cifra su razón de ser en una acusada tendencia al cuestionamiento de las fronteras genéricas, en la adopción de un discurso híbrido que mezcla con descaro estrategias narrativas propias de la ficción, con otras tradicionalmente asociadas a otros géneros literarios como son la autobiografía y el ensayo. Respecto a la primera, ya he mencionado más arriba el auge actual de la llamada *autoficción;* fenómeno que tiene que ver

---

[174] *Ibíd.,* pág. 21.
[175] La Rubia Prado, *op. cit.,* pág. 252. «Los textos de Unamuno los he estudiado en este libro a la luz de varios teóricos recientes que han ofrecido y siguen ofreciendo un lenguaje crítico a nuestra cultura —Heidegger, Foucault, Lacan, de Man, Rorty y otros», advierte La Rubia Prado en su estudio *(op. cit.,* pág. 252).
[176] La Rubia Prado, *op. cit.,* pág. 51.
[177] *Ibíd.,* pág. 54.

con la frecuente presencia del autor como protagonista/personaje dentro de su propia obra literaria, dando como resultado textos ambiguos que se proponen simultáneamente como ficticios y autorreferenciales. En *Cómo se hace una novela* concluye Unamuno: «¿Hipócrita? ¡No! Mi papel es mi verdad y debo vivir mi verdad que es mi vida.» Pues bien, no otra es la base filosófica que subyace por debajo de las creaciones debidas a tantos aficionados a la autoficción en las letras contemporáneas, cuando inventan a un personaje para protagonizar sus obras que es y al mismo tiempo no es el autor. En la actualidad, son innumerables los escritores que optan de continuo por ese juego de la ambigüedad o del despiste a partir de una desconcertante y no siempre clara identificación entre el autor y el narrador o personaje (Javier Marías, Enrique Vila-Matas, Javier Cercas, Antonio Muñoz Molina, Julio Llamazares, César Aira, Justo Navarro, etc., son sólo algunos ejemplos en el panorama de la novela contemporánea en lengua española). Ya hemos hablado más arriba de la reciente y acertada conexión por parte del crítico Manuel Alberca de la obra *Cómo se hace una novela* con la autoficción, con lo que ello implica a la hora de poder considerar la obra unamuniana como uno de los antecedentes más importantes de muchos de lo experimentos narrativos más desconcertantes de los últimos tiempos. En este sentido, suscribo de lleno la opinión de Alberca cuando afirma: «En la literatura española del siglo XX, de Unamuno a Vila-Matas, pasando por Umbral, "dejar un nombre", o "tener un nombre" se convierte en el objetivo o meta deseada del literato»[178].

Asimismo, cuando Unamuno tituló a su obra *Cómo se hace una novela*, quizás no podía adivinar que andando el tiempo se iban a convertir en auténtica moda las novelas que, lejos de narrarnos una historia, nos cuentan cómo se hace una novela[179]. Y es que, por otro lado, aunque íntimamente relaciona-

---

[178] *Op. cit.*, pág. 229.
[179] No es este el momento de detenernos en ejemplos, pero piénsese en una novela tan exitosa como *Soldados de Salamina*, de Javier Cercas (Barcelona, Tusquets, 2001), en la que efectivamente no se nos cuenta tanto una historia de la

do con este, hay que señalar la frecuencia con la que la novela contemporánea adquiere la apariencia y las estrategias discursivas del género ensayístico. Creo que nadie mejor que Julián Marías ha sabido explicar este fenómeno:

> La novela, determinada así por el firme propósito de *no ser* la novela tradicional, es un perpetuo ensayo de formas nuevas. Pero el ensayo es —y no por azar— el nombre de un género literario. Es, justamente, el género literario a que se llega cuando la actitud del escritor es *ensayar*. Por esto, sin ningún equívoco, el ensayo acecha a la novela contemporánea, es su riesgo permanente. El ensayo de novela está siempre a punto de convertirse en novela de ensayo, en novela-ensayo. Mientras Montaigne no hace más que contar historias desde la primera página y así «noveliza» sus *Essais*, el novelista contemporáneo, en cuanto se descuida, deja de narrar y explica, razona, teoriza [...]. Lo normal es que la novela descarrile en el ensayo, degenere en él —es decir, se desgenere, pierda su género literario—; es como si la novela fuese un compuesto químico sumamente inestable, difícil de conservar, o un elemento que, como el usuario, se desintegra en plomo[180].

Pues bien, tras el análisis expuesto en estas páginas espero haber dejado claro que en *Cómo se hace una novela* se anticipa ese tipo de novela híbrida en la que deliberadamente se mezclan algunos géneros literarios convencionales, o mejor dicho, en la que la novela se «degenera» o «desgenera» en ensayo o autobiografía, al suprimirse en ella, o reducirse a la más mínima expresión, lo que siempre le había sido más propio, la ficción. En realidad, ya Ricardo Gullón advirtió que, entre otras cosas, una de las más importantes aportaciones de Unamuno a la novelística de nuestro tiempo es precisamente «la fusión del elemento novelesco con el lírico-metafísico, la autobiografía, el ensayo y el chisme»[181]. Asimismo, en su recien-

---

Guerra Civil española, sino más bien *cómo se hace una historia de la Guerra Civil española*. *Vid.* mi artículo, «*Esa bestia omnívora que es el yo*: el uso de la autoficción en la obra narrativa de Javier Cercas», *Bulletin of Spanish Studies*, en prensa.

[180] Art. cit., págs. 242-243.
[181] Gullón, *Autobiografías de Unamuno, op. cit.*, pág. 116.

te edición del texto, Domingo Ródenas ha advertido con gran acierto la relación que el libro que nos ocupa pudiera tener, funcionando como claro precedente de éste, con el concepto de «plurinovela» acuñado por Claudio Guillén[182] y practicada por autores contemporáneos como W. G. Sebald, Claudio Magris, Enrique Vila-Matas o Javier Marías[183]. Ahora bien, como ya señalaba más arriba, mientras que en la época de Unamuno esa «degeneración» de la novela quizás no podría ser bien entendida del todo, en la actualidad las cosas han cambiado. Sobre todo, después de que la filosofía haya venido a descubrir que la perspectiva abstracta de la exposición o teoría, propia del ensayo, o la pretendida objetividad y veracidad del relato autobiográfico, son en cierta medida una falacia, y que, dicho de otra manera, también el ensayo y la autobiografía, son, a su modo, novela[184], esta innovadora experimentación con la fusión de géneros literarios adquiere ahora todo su significado.

Ya para terminar, y tan sólo a modo de ejemplo, me gustaría llamar la atención sobre el hecho de que al que es quizás el más importante representante en la literatura española contemporánea de este tipo de novela, plurinovela, o novela degenerada de la que estamos hablando, Enrique-Vila Matas, no le ha pasado desapercibida la importancia de una obra

---

[182] Claudio Guillén, «La plurinovela», *Arbor. Ciencia, pensamiento y cultura*, núm. 693 (septiembre de 2003), págs. 1-16. Con este concepto se refiere a una serie de novelas contemporáneas que se ajustan a «cierta índole de pluralismo entendido como condición o ámbito en que se sitúa en ciertos casos, minoritarios pero creo que valiosos, el arte de escribir novelas; y que, como tal consciencia de la multiplicidad, no deja de entrar en tensión con las exigencias formales de la narración literaria» (pág. 1).

[183] Señala Ródenas: «se anticipa el tipo de creación híbrida en la que se funden, refunden y confunden muchos de los géneros literarios convencionales, en la que el discurrir ensayístico se entremezcla con la fabulación narrativa y donde la ficción protagonizada por criaturas inventadas aparece mechada de apuntes en primera persona, de confidencias íntimas y desahogos, de evocaciones históricas y eruditas, de disquisiciones lingüísticas y lucubraciones metadiscursivas, de pasajes panfletarios o poéticos, escolios bíblicos o meditaciones religiosas. Novela, exégesis, polémica, ensayo, autobiografía, diario están mezclados en un aleación textual inextricable» *(op. cit.,* págs. LIII-LIV).

[184] *Vid.* Marías, art. cit., págs. 246-247.

como *Cómo se hace una novela*, que él mismo se ha encargado de poner en relación con su propio proyecto novelístico, citándola en su libro *París no se acaba nunca* (2003). Efectivamente, en esta obra, en la que Vila-Matas relata el proceso de escritura de su primera novela, *La asesina ilustrada*, nos cuenta el narrador que todo comenzó cuando en unos puestos de libros al aire libre, en París, compró un ejemplar de *Cómo se hace una novela*, de Miguel de Unamuno:

> Me acuerdo de los días en que comencé a planear el primer libro de mi vida, esa novela que iba a escribir en la buhardilla de la sexta planta del número 5 de la rue Saint-Benoît y que desde el primer momento, desde que encontré el argumento en un libro de Unamuno, se tituló *La asesina ilustrada*. Aunque en esos días tenía una relación muy idiota con la muerte, o precisamente por eso, la novela se proponía matar a quien la leyera, matar al lector segundos después de que este la diera por terminada. Fue una idea inspirada por la lectura de *Cómo se hace una novela*, un ensayo de Unamuno que descubrí en los puestos de libros de los muelles del Sena y que me había llamado la atención por el título, pues pensé que hablaba de lo que precisamente yo no sabía hacer. Pero no, hablaba de todo menos de cómo se escribía una novela. Sin embargo, en un párrafo en el que Unamuno especulaba con libros que provocan la muerte de sus lectores, encontré una buena idea para contar una historia[185].

El narrador (que se identifica con el autor real de la novela) nos dice aquí que encontró el ejemplar de Unamuno en los puestos del Sena; es decir, en el mismo sitio donde Jugo de la Raza encontró el ejemplar de *La piel de zapa*, de Balzac, dentro de la obra unamuniana. Ahora bien, creo que, a pesar de lo que declara el narrador de *París no se acaba nunca*, la relación de esta obra con la de Unamuno va mucho más lejos del dato bastante anecdótico de que la primera novela que escribió Vila-Matas, *La asesina ilustrada*, repita el viejo tópico literario utilizado por Unamuno de un libro que puede provocar la muerte. Naturalmente, el Vila-Matas que escribe *París no se*

---

[185] *París no se acaba nunca*, Madrid, Anagrama, 2003, págs. 26-27.

acaba nunca (muy distinto ya del ingenuo narrador novel que escribió *La asesina ilustrada)* sabe a esas alturas que la influencia que el libro de Unamuno ejerce sobre él va mucho más allá del motivo temático del libro asesino. Vila-Matas construye su extraordinaria novela *París no se acaba nunca* aparentemente para explicarnos su formación como escritor y más concretamente el proceso de la escritura de su primer libro, *La asesina ilustrada*, al igual que Unamuno escribió *Cómo se hace una novela* para explicarnos en qué consiste ese proceso; y, en ambos casos, llegamos a la conclusión de que la novela se hace haciéndola, en el proceso de su escritura[186]. Recientemente se ha reeditado la primera novela de Vila-Matas, *La asesina ilustrada*[187], y en esa reedición —siguiendo una práctica muy unamuniana que ya ha sido comentada en estas páginas— el autor añade a la versión original de la obra, de 1977[188], un nuevo prólogo, que precede al prólogo original de la 1.ª edición, y un epílogo, que vienen a funcionar en la obra como los prólogos y epílogos de Unamuno. Además, adviértase que el epílogo, siguiendo también en esto una práctica unamuniana, no está firmado por el propio Vila-Matas, sino por el crítico Jordi Llovet. En dicho epílogo —también como hiciera Unamuno en su obra— se reproduce en letra redonda el texto que supuestamente leyó en el año 1977 en la presentación de la novela de Vila-Matas, y se añaden en letra cursiva las impresiones de hoy acerca de aquel acto. Señalaré,

---

[186] Manuel Alberca conecta también los planteamientos estéticos y narrativos de Vila-Matas con los de Unamuno, trayendo a colación precisamente algunos de los fragmentos de la novela *París no se acaba nunca* que efectivamente parecen sacados del texto unamuniano que nos ocupa: «¿Soy conferencia o novela? ¿Soy? De repente, todo son peguntas. ¿Soy alguien? ¿Soy qué? ¿Me parezco físicamente a Hemingway o no tengo nada que ver con él? [...] Creo que tengo derecho a poder verme de forma diferente de cómo me ven los demás, verme como me da la gana verme y no que me obliguen a *ser* esa persona que los otros han decidido que soy. Somos como los demás nos ven, de acuerdo. Pero yo me resisto a aceptar tamaña injusticia. [...] Llevo años intentando [...] *ser un enigma para todos*. [...] Sin embargo, esta esforzada tarea se me está revelando inútil» *(París no se acaba nunca, op. cit.,* pág. 17), cit. por Alberca, *op. cit.,* pág. 212.
[187] Barcelona, Lumen, 2005.
[188] Barcelona, Tusquets, 1977.

por último, que en dicha presentación Jordi Llovet calificaba la novela de Vila-Matas, haciendo un juego con su apellido y con el parecido de su obra con la novela (o «nivola») de Unamuno, como «no-vila».

Esta edición

En la presente edición, sigo el texto de la primera edición española y completa de la obra, de 1927, en la editorial Alba de Buenos Aires, enmendando erratas evidentes y corrigiendo la puntuación y ortografía según las normas actuales. Para este fin, me he servido de muchas de las correcciones ya incorporadas en las ediciones de *Cómo se hace una novela* recogidas en las *Obras completas* (Madrid, 1950; Madrid, 1958; Madrid, 1966-1970), así como en las respectivas ediciones de Paul. R. Olson (Madrid, Guadarrama, 1977), Bénédicte Vauthier (Salamanca, Universidad de Salamanca, 2005) y Domingo Ródenas (Barcelona, Crítica, 2006).

Bibliografía

EDICIONES DE «CÓMO SE HACE UNA NOVELA»

UNAMUNO, Miguel de, *Comment on fait un roman* (precedido de un «Portrait d'Unamuno» por Jean Cassou), *Mercure de France*, núm. CLXXXVIII (15 de mayo de 1926), págs. 5-39.
— *Cómo se hace una novela*, Buenos Aires, Alba, 1927.
— *Avant et après la révolution* (traduit de l'espagnol par Jean Cassou), París, Rieder, 1933.
— *Cómo se hace una novela*, recogido en *Obras completas* (con presentación de M. Sanmiguel), Madrid, Afrodisio Aguado, 1950, vol. IV, págs. 907-985.
— *Cómo se hace una novela*, recogido en *Obras completas* (ed. de Manuel García Blanco), Madrid, Afrodisio Aguado, 1958, vol. X, págs. 825-923.
— *Cómo se hace una novela*, recogido en *Obras completas* (ed. de Manuel García Blanco), Madrid, Escelicer, 1966-1970, vol. VIII, págs. 707-769.
— *San Manuel Bueno, mártir. Cómo se hace una novela* (ed. de Paulino Garagorri), Madrid, Alianza, 1966.
— *Cómo se hace una novela* (ed. de Paul R. Olson), Madrid, Guadarrama, 1977.
— *Manual de quijotismo. Cómo se hace una novela. Epistolario Miguel de Unamuno / Jean Cassou* (ed. de Bénédicte Vauthier), Salamanca, Universidad de Salamanca, 2005.
— *Abel Sánchez, San Manuel Bueno, mártir, Cómo se hace una novela y otras prosas* (ed. de Domingo Ródenas), Barcelona, Crítica, 2006.

Alberca, Manuel, *El pacto ambiguo. De la novela autobiográfica a la autoficción*, Madrid, Biblioteca Nueva, 2007.
Ayala, Francisco, «El arte de novelar de Unamuno», *La Torre*, núm. 9 (1961), págs. 329-359 (recogido en *Las plumas del Fénix*, Madrid, Alianza, 1989, págs. 419-452).
Azar, Inés, «La estructura novelesca de *Cómo se hace una novela*», *Modern Language Notes*, núm. 85 (1970), págs. 184-206.
Benítez, Hernán, *El drama religioso de Unamuno*, Universidad de Buenos Aires, 1949.
Cerezo Galán, Pedro, *Las máscaras de lo trágico*, Madrid, Trotta, 1996.
Fernández, Ana María, *Teoría de la novela en Unamuno, Ortega y Cortázar*, Madrid, Pliegos, 1991.
Fernández Cifuentes, Luis, «Unamuno y Ortega: leer una novela, hacer una novela», en *Essays on Hispanic Literature in Honor of Edmund L. King* (editado por L. Fernández Cifuentes y S. Mohillo), Londres, Tamesis Books, 1983, págs. 45-59.
Fernández Urtasun, Rosa, *Poéticas del modernismo español*, Pamplona, Eunsa, 2002.
García, Carlos Javier, *Metanovela: Luis Goytisolo, Azorín y Unamuno*, Madrid, Júcar, 1994, págs. 65-79.
Gullón, Ricardo, *Autobiografías de Unamuno*, Madrid, Gredos, 1964.
La Rubia Prado, Francisco, *Unamuno y la vida como ficción*, Madrid, Gredos, 1999.
Lacy, Allen, «Censorship and *Cómo se hace una novela*», *Hispanic Review*, vol. XXXIV, núm. 4 (1966), págs. 317-325.
Longhurst, Carlos-Alex, «Teoría de la novela en Unamuno: de *Niebla* a *Don Sandalio*», en *Miguel de Unamuno. Estudio sobre su obra I: Actas de las IV Jornadas unamunianas* (Salamanca, Casa-Museo Unamuno, 18-20 de octubre de 2001), Ana Chaguaceda Toledano (coord.), Salamanca, Universidad de Salamanca, 2003, págs. 139-151.
Marías, Julián, *Miguel de Unamuno*, Madrid, Espasa-Calpe, 1943.
— «Ensayo y novela», en *Ensayos de convivencia*, en *Obras*, Madrid, Revista de Occidente, 1964, vol. III, págs. 242-247.
Navajas, Gonzalo, *Miguel de Unamuno: Bipolaridad y síntesis ficcional. Una lectura posmoderna*, Barcelona, PPU, 1988.
Nicholas, R. L., *Unamuno narrador*, Madrid, Castalia, 1987.

Nozick, Martin, «Unamuno and *La Peau de chagrin*», *MLN*, núm. LXV (1950), págs. 255-256.
Olson, Paul R., «Unamuno's Lacquered Boxes: *Cómo se hace una novela* and the Ontology of Writing», *Revista Hispánica Moderna*, núm. 36 (1970-1971), págs. 186-199.
Salcedo, Emilio, *Vida de Don Miguel*, Salamanca, Anaya, 1964.
Sánchez Barbudo, Antonio, *Estudios sobre Unamuno y Machado*, Madrid, Guadarrama, 1959.
Speck, Paula K., «The Making of a Novel in Unamuno», *South Atlantic Review*, núm. 47 (1982), págs. 52-63.
Turner, David G., *Unamuno's Webs of Fatality*, Londres, Tamesis, 1974.
Urrutia, Manuel M.ª, *Evolución del pensamiento político de Unamuno*, Bilbao, Universidad de Deusto, 1997.
Urrutia Jordana, Ana, *La poetización de la política en el Unamuno exiliado: «De Fuerteventura a París» y «Romancero del destierro»*, Salamanca, Universidad de Salamanca, 2003.
Vauthier, Bénédicte, «Miguel de Unamuno y André Gide ante el espejo», *Cuadernos de la Cátedra Miguel de Unamuno*, núm. 37 (2002), págs. 91-111.
Zubizarreta, Armando, *Unamuno en su nivola*, Madrid, Taurus, 1960.

Otra bibliografía citada

Bajtin, Mijail, *Estética de la creación verbal* (trad. de Tatiana Bubnova), Madrid, Siglo XXI, 1998.
Balzac, Honoré de, *La piel de zapa*, Madrid, Siruela, 2004.
Cercas, Javier, *Soldados de Salamina*, Barcelona, Tusquets, 2001.
Cohn, Dorrit, *Le propre de la fiction*, París, Seuil, 2001.
Doubrovsky, Serge, *Fils*, París, Gallilée, 1977.
Fernández, Macedonio, *Museo de la Novela de la Eterna* (ed. de Fernando Rodríguez Lafuente), Madrid, Cátedra, 1995, págs. 11-129.
Gide, André, *Los monederos falsos*, Barcelona, Seix Barral, 1985.
Gómez de la Serna, Ramón, *Seis falsas novelas*, Buenos Aires, Losada, 1945.
Gómez Trueba, Teresa, «La obra narrativa de Enrique Vila-Matas: entre la poética del silencio y la escritura infinita», *Bulletin hispanique* (2008), en prensa.
— «*Esa bestia omnívora que es el yo*: el uso de la autoficción en la obra narrativa de Javier Cercas», *Bulletin of Spanish Studies,* en prensa.

Guillén, Claudio, «La plurinovela», *Arbor. Ciencia, pensamiento y cultura*, núm. 693 (septiembre de 2003), págs. 1-16.
Gullón, Ricardo, «La invención del personaje», en *Galdós, novelista moderno*, Madrid, Taurus, 1987, págs. 62-68.
— «Ortega y la teoría de la novela», *Letras de Deusto*, núm. 411 (mayo-agosto de 1989), págs. 104-121.
Jiménez, Juan Ramón, *Crímenes naturales* (ed. de John C. Wilcox), en *Obra poética* (ed. de Javier Blasco y Teresa Gómez Trueba), Madrid, Espasa-Calpe, 2005, vol. II, t. IV, págs. 939-1007.
Lecarme, Jaques, «Autofiction: un mauvais genre?», en *Autofictions & Cie*, Nanterre, Université de Paris X, 1992.
Lejeune, Philippe, *Le pacte autobiographique*, Paris, Seuil, 1975.
Ortega y Gasset, José, *Ideas sobre la novela*, en *Obras completas*, Madrid, Alianza, 1983, vol. 3, págs. 387-419.
Piglia, Ricardo, *El último lector*, Barcelona, Anagrama, 2005.
Unamuno, Miguel de, «A lo que salga», *Nuestro Tiempo*, año IV, núm. 45, Madrid (septiembre de 1904), págs. 297-306, recogido en *Obras completas* (dir. por Manuel García Blanco), Madrid, Escelicer, 1966, vol. I, págs. 1194-1204.
— *Alrededor del estilo*, en *Obras completas* (ed. de Manuel García Blanco), Madrid, Escelicer, 1966, vol. VII, págs. 885-947.
— *El Otro* (ed. de Ricardo de la Fuente Ballesteros), Salamanca, Ediciones del Colegio de España, 1993.
— *La agonía del cristianismo*, Madrid, Espasa-Calpe, 1966 (4.ª ed.) (1.ª ed.: 1942).
— «La sombra sin cuerpo (Fragmento de una novela en preparación)», *Caras y caretas*, Buenos Aires (16 de julio de 1921), recogido en *Obras completas* (dir. por Manuel García Blanco), Madrid, Escelicer, 1966, vol. II, págs. 891-893.
— *Niebla* (ed. de Mario J. Valdés), Madrid, Cátedra, 2001.
— *Paz en la guerra* (ed. de Francisco Caudet), Madrid, Cátedra, 1999.
— «Una entrevista con Augusto Pérez», en *Obras completas* (ed. de Manuel García Blanco), Madrid, Afrodisio Aguado, 1958, vol. X, pág. 334.
— *Vida de Don Quijote y Sancho* (ed. de Alberto Navarro), Madrid, Cátedra, 1988.
— «Y va de cuento», en *El espejo de la muerte*, recogido en *Obras completas* (dir. por Manuel García Blanco), Madrid, Escelicer, 1966, vol. II, págs. 536-539.
— «Yo, individuo, poeta, profeta y mito» (1922), en *Obras completas*, Madrid, Escelicer, 1966, vol. X, pág. 512.

Vila-Matas, Enrique, *La asesina ilustrada*, Barcelona, Tusquets, 1977 (reed. Barcelona, Lumen, 2005).
— *Bartleby y compañía*, Madrid, Anagrama, 2000.
— *París no se acaba nunca*, Madrid, Anagrama, 2003.
— *Doctor Pasavento*, Madrid, Anagrama, 2005.

Cómo se hace una novela

Mihi quaestio factus sum[1]

A. Agustini, *Confessiones*
(Lib. X, c. 33, n. 50)

---
[1] «Estoy hecho un enigma». Esta cita no figuraba en la versión original del texto francés de 1926.

Prólogo

Cuando escribo estas líneas, a fines del mes de mayo de 1927, cerca de mis sesenta y tres, y aquí, en Hendaya, en la frontera misma, en mi nativo país vasco, a la vista tantálica de Fuenterrabía, no puedo recordar sin un escalofrío de congoja aquellas infernales mañanas de mi soledad de París, en el invierno, del verano de 1925, cuando en mi cuartito de la pensión del número 2 de la rue Laperouse me consumía devorándome al escribir el relato que titulé: Cómo se hace una novela. *No pienso volver a pasar por experiencia íntima más trágica. Revivíanme para torturarme con la sabrosa tortura —de «dolor sabroso» habló Santa Teresa[2]— de la producción desesperada, de la producción que busca salvarnos en la obra, todas las horas que me dieron* El sentimiento trágico de la vida[3]. *Sobre mí pesaba mi vida toda, que era y es mi muerte. Pesaban sobre mí no sólo mis sesenta años de vida individual física, sino más, mucho más que ellos; pesaban sobre mí siglos de una silenciosa tradición recogidos en el más recóndito rincón de mi alma; pesaban sobre mí inefables recuerdos inconscientes de ultra-cuna. Porque nuestra desesperada esperanza de una vida personal de ultratumba se alimenta y medra de esa vaga remembranza de nuestro arraigo en la eternidad de la historia.*

---

[2] Santa Teresa, *Moradas*, Sexta, 2, 4: «Porque este dolor sabroso —y no es dolor— no está en un ser; aunque a veces dura gran rato, otras de presto se acaba…»

[3] *El sentimiento trágico de la vida en los hombres y en los pueblos* se gestó en torno a la crisis religiosa de 1897, aunque no vio la luz hasta años más tarde, cuando se publicó por entregas en *La España Moderna*, desde diciembre de 1911. Fue editado después, en 1913, por la editorial Renacimiento, en forma de libro.

¡Qué mañanas aquellas de mi soledad parisiense! Después de haber leído, según costumbre, un capítulo del Nuevo Testamento, el que me tocara en turno, me ponía a aguardar y no sólo a aguardar, sino a esperar, la correspondencia de mi casa y de mi patria, y luego de recibida, después del desencanto, me ponía a devorar el bochorno de mi pobre España estupidizada bajo la más cobarde, la más soez y la más incivil tiranía.

Una vez escritas, bastante de prisa y febrilmente, las cuartillas de Cómo se hace una novela, *se las leí a Ventura García Calderón*[4], *peruano, primero, y a Juan Cassou*[5], *francés —y tanto español como francés—, después, y se las di a éste para que las tradujera al francés y se publicasen en alguna revista francesa. No quería que apareciese primero el texto original español por varias razones, y la primera que no podía ser en España donde los escritos estaban sometidos a la más denigrante censura castrense, a una censura algo peor que de analfabetos, de odiadores de la verdad y de la inteligencia. Y así fue, que una vez traducido por Cassou mi trabajo se publicó con el título de* Comment on fait un roman *y precedido de un «Portrait d'Unamuno», del mismo Cassou, en el número del 15 de mayo de 1926 (núm. 670, 37ᵉ année, tome CLXXXVIII) de la vieja revista* Mercure de France. *Cuando apareció esta traducción me encontraba yo ya aquí, en Hendaya, adonde había llegado a fines de agosto de 1925, y donde me he quedado en vista del empeño que puso la tiranía*

---

[4] Ventura García Calderón (1886-1959), escritor peruano que pasó gran parte de su vida en Francia y escribió parte de su obra en francés. Por la época en la que Unamuno vivió en París, era el director de la revista *L'Amérique Latine*. Contribuyó a que se publicara en la editorial Excelsior el libro de poemas de Unamuno, *De Fuerteventura a París* (París, 1925) y debió de interceder en la publicación de *Cómo se hace una novela*, en la editorial Alba de Buenos Aires, en 1927.

[5] Jean Cassou (1897-1986), escritor y político francés, de madre española, que contribuyó enormemente a la difusión de la literatura española en Francia. Además de tener gran amistad con algunos de los grandes escritores españoles de la época (como Jorge Guillén, Federico García Lorca o Ramón Gómez de la Serna, entre otros), fue el principal traductor al francés de la obra de Unamuno. Acerca de la relación entre ambos, puede verse Miguel de Unamuno, *Manual de quijotismo. Cómo se hace una novela. Epistolario Miguel de Unamuno / Jean Cassou* (ed. de Bénédicte Vauthier), *op. cit.*, así como el primer capítulo, titulado «Mis Españas», del libro de recuerdos de Cassou, *Une vie pour la liberté*, París, Robert Laffont, 1981.

pretoriana española en que el gobierno de la República francesa me alejase de la frontera, a cuyo efecto llegó a visitarme de parte de Mr. Painlevé, presidente entonces del Gabinete francés, el prefecto de los Bajos Pirineos, que vino al propósito desde Pau, no consiguiendo, como era natural, convencerme de que debía alejarme de aquí. Y algún día contaré con detalles la repugnante farsa que armó en la frontera ésta, frente a Vera, la abyecta policía española al servicio del pobre vesánico —epiléptico— general don Severiano Martínez Anido, hoy todavía ministro de la Gobernación y Vicepresidente del Consejo de asistentes de la Tiranía Española[6], para fingir una intentona comunista —¡el coco!— y ejercer presión en el Gobierno francés para que me internase. Y aún ahora, cuando escribo esto, no han renunciado esos pobres diablos de la que se llama Dictadura a su tema de que se me saque de aquí.

Al salir yo de París, Cassou estaba traduciendo mi trabajo, y después que lo tradujo y envió al Mercure *no le reclamé el original mío, mis primitivas cuartillas escritas a pluma —no empleo nunca la mecanografía—, que se quedó en su poder. Y ahora, cuando al fin me resuelvo a publicarlo en mi propia lengua, en la única en que sé desnudar mi pensamiento, no quiero recobrar el texto original. Ni sé con qué ojos volvería a ver aquellas agoreras cuartillas que llené en el cuartito de la soledad de mis soledades de París. Prefiero retraducir de la traducción francesa de Cassou y es lo que me propongo hacer ahora. Pero ¿es hacedero que un autor retraduzca una traducción que de alguno de sus escritos se haya hecho a otra lengua? Es una experiencia, más que de resurrección, de muerte, o acaso de remortificación. O mejor de rematanza.*

Eso que se llama en literatura producción es un consumo, o más preciso: una consunción. El que pone por escrito sus pensamientos, sus ensueños, sus sentimientos, los va consumiendo, los va matando. En cuanto un pensamiento nuestro queda fijado

---

[6] Severiano Martínez Anido (1862-1938), designado desde 1911 ayudante de Alfonso XIII, fue gobernador militar de San Sebastián y Barcelona, y en 1919, gobernador civil de Barcelona, desempeñando después diversos cargos en el gobierno de Primo de Rivera.

por la escritura, expresado, cristalizado, queda ya muerto y no es más nuestro que será un día bajo tierra nuestro esqueleto. La historia, lo único vivo, es el presente eterno, el momento huidero que se queda pasando, que pasa quedándose, y la literatura no es más que muerte. Muerte de que otros pueden tomar vida. Porque el que lee una novela puede vivirla, revivirla —y quien dice una novela dice una historia—, y el que lee un poema, una criatura —poema es criatura y poesía creación— puede recrearlo. Entre ellos el autor mismo. Y ¿es que siempre un autor, al volver a leer una pasada obra suya, vuelve a encontrar la eternidad de aquel momento pasado que hace el presente eterno? ¿No te ha ocurrido nunca, lector, ponerte a meditar a la vista de un retrato tuyo, de ti mismo, de hace veinte o treinta años? El presente eterno es el misterio trágico, es la tragedia misteriosa de nuestra vida histórica o espiritual. Y he aquí por qué es trágica tortura la de querer rehacer lo ya hecho, que es deshecho. En lo que entra retraducirse a sí mismo. Y sin embargo...

Sí, necesito para vivir, para revivir, para asirme de ese pasado que es toda mi realidad venidera, necesito retraducirme. Y voy a retraducirme. Pero como al hacerlo he de vivir mi historia de hoy, mi historia desde el día en que entregué mis cuartillas a Juan Cassou, me va a ser imposible mantenerme fiel a aquel momento que pasó. El texto, pues, que dé aquí, disentirá en algo del que, traducido al francés, apareció en el número de 15 de mayo de 1926 del Mercure de France. *Ni deben interesar a nadie las discrepancias. Como no sea a algún erudito futuro.*

Como en el Mercure *mi trabajo apareció precedido de una especie de prólogo de Cassou titulado* Portrait d'Unamuno, *voy a traducir éste y a comentarlo luego brevemente.*

Retrato de Unamuno por Jean Cassou

San Agustín se inquieta con una especie de frenética angustia al concebir lo que podía haber sido antes del despertar de su conciencia[7]. Más tarde se asombra de la muerte de un amigo que había sido otro él mismo[8]. No me parece que Miguel de Unamuno, que se detiene en todos los puntos de sus lecturas, haya citado jamás estos dos pasajes. Se reencontraría en ellos, sin embargo. Hay de San Agustín en él, y de Juan Jacobo[9], de todos los que, absortos en la contemplación de su propio milagro, no pueden soportar el no ser eternos.

El orgullo de limitarse, de recoger a lo íntimo de la propia existencia la creación entera, está contradicho por estos dos insondables y revolvientes misterios: un nacimiento y una muerte que repartimos con otros seres vivientes y por lo que entramos en un destino común. Es este drama único el que ha explorado en todos sentidos y en todos los tonos la obra de Unamuno.

---

[7] *Confesiones*, I, 6, 9: «¡Oh, Dios mío!, di, misericordioso, a este mísero tuyo, dime, ¿por ventura sucedió esta mi infancia a otra edad mía ya muerta? ¿Será esta aquella que llevé en el vientre de mi madre?»

[8] *Confesiones*, IV, 6, 11: «Maravillábame que viviesen los demás mortales por haber muerto aquel a quien yo había amado, como si nunca hubiera de morir, y más me maravillaba aún de que habiendo muerto él, viviera yo, que era otro él.»

[9] El famoso filósofo Jean-Jacques Rousseau (Ginebra, Suiza, 1712-Ermenonville, Francia, 1778).

Sus ventajas y sus vicios, su soledad imperiosa, una avaricia necesaria y muy del terruño —de la tierra vasca—, la envidia, hija de aquel Caín cuya sombra, según un poema de Machado[10], se extiende sobre la desolación del desierto castellano; cierta pasión que algunos llaman amor y que es para él una necesidad terrible de propagar esta carne de que se asegura que ha de resucitar en el último día —consuelo más cierto que el que nos trae la idea de la inmortalidad del espíritu—; en una palabra, todo un mundo absorbente y muy de él, con virtudes cardinales y pecados, que no son del todo los de la teología ortodoxa..., hay que penetrar en ello; es esta humanidad la que confiesa, la que no cesa de confesar, de clamar y proclamar, pensando así conferirle una existencia que no sufra la ley ordinaria, hacer de ella una creación de la que no sólo no se perdería nada, sino que su agregación misma quedase permanente, sustancia y forma, organización divina, deificación, apoteosis.

Por estos perpetuos análisis y sublimación de sí, Miguel de Unamuno atestigua su eternidad; es eterno como toda cosa es en él eterna, como lo son los hijos de su espíritu, como aquel personaje de *Niebla* que viene a echarle en cara el grito terrible de: «¡Don Miguel, no quiero morir!»[11], como Don Quijote, más vivo que el pobre cadáver llamado Cervantes, como España, no la de los príncipes, sino la suya, la de don Miguel, que transporta consigo en sus destierros, que hace día a día, y de que hace en cada uno de sus escritos la lengua y el pensar, y de la que puede en fin decir que es su hija y no su madre.

A Shakespeare, a Pascal, a Nietzsche, a todos los que han intentado retener a su trágica aventura personal un poco de esta humanidad que se escurre tan vertiginosamente, viene a añadir Miguel de Unamuno su experiencia y su esfuerzo. Su obra no palidece al lado de esos nobles nombres: significa la misma avidez desesperada.

---

[10] «Por tierras de España» *(Campos de Castilla)*, que termina: «son tierras para el águila, un trozo de planeta / por donde cruza errante la sombra de Caín!»

[11] Exactamente el protagonista de *Niebla*, Augusto Pérez, dice en el famoso capítulo XXXI: «¡Don Miguel, por Dios, quiero vivir, quiero ser yo!»

No puede admitir la suerte de Polonio y que Hamlet, arrastrando su andrajo por los sobacos, lo eche fuera de la escena: «¡Vamos, venga, señor!»[12]. Protesta. Su protesta sube hasta Dios, no a esa quimera fabricada a golpes de abstracciones alejandrinas por metafísicos ebrios de logomaquia, sino al Dios español, al Cristo de ojos de vidrio, de pelo natural, de cuerpo articulado, hecho de tierra y de palo, sangriento, vestido, en que una faldilla bordada en oro disimula las vergüenzas, que ha vivido entre las cosas familiares y que, como dijo Santa Teresa, se le encuentra hasta en el puchero[13].

Tal es la agonía de don Miguel de Unamuno, hombre en lucha, en lucha consigo mismo, con su pueblo y contra su pueblo, hombre hostil, hombre de guerra civil, tribuno sin partidarios, hombre solitario, desterrado, salvaje, orador en el desierto, provocador, vano, engañoso, paradójico, inconciliable, irreconciliable, enemigo de la nada y a quien la nada trae y devora, desgarrado entre la vida y la muerte, muerto y resucitado a la vez, invencible y siempre vencido.

***

No le gustaría el que en un estudio consagrado a él se hiciera el esfuerzo de analizar sus ideas. De los dos capítulos de que se compone habitualmente este género de ensayos —el Hombre y sus ideas— no logra concebir más que el primero. La ideocracia es la más terrible de las dictaduras que ha tratado de derribar[14]. Vale más en un estudio del hombre conceder un ca-

---

[12] *Hamlet*, III, 4, vv. 209-215: «Me tendré que afanar con tanta trama. Arrastraré sus tripas hasta la habitación contigua. Madre, buenas noches tengáis. Bien quieto y callado, y grave está ahora este consejero. ¡Pensar que en vida era un pobre necio, un charlatán! ¡Vamos allá, amigo! ¡Concluyamos de una vez! Buenas noches, madre. *Sale Hamlet arrastrando a Polonio.*» Se trata de las palabras que pronuncia Hamlet, dirigiéndose al cadáver de Polonio, tras haberle asesinado en la habitación de la reina.

[13] *Libro de las Fundaciones*, V, 8: «Pues ¡ea, hijas mías!, no haya desconsuelo cuando la obediencia os trajere empleadas en cosas exteriores; entended que si es en la cocina, entre los pucheros anda el Señor ayudándoos en lo interior y exterior.»

[14] *Vid.* el artículo de Unamuno, «La ideocracia» (anteriormente publicado con el título «La tiranía de las ideas»), recogido en *Tres ensayos* (1900).

pítulo a sus palabras que no a sus ideas. «Los sentidos —ha dicho Pascal antes que Buffon— reciben de las palabras su dignidad en vez de dársela»*15. Unamuno no tiene ideas: es él mismo, las ideas que le dan los otros se hacen en él, al azar de los encuentros, al azar de sus paseos por Salamanca donde encuentra a Cervantes y a Fray Luis de León, al azar de esos viajes espirituales que le llevan a Port Royal, a Atenas o a Copenhague, patria de Sören Kierkegaard, al azar de ese viaje real que le trajo a París donde se mezcló, inocentemente y sin asombrarse ni un momento, a nuestro carnaval.

Esta ausencia de ideas, pero este perpetuo monólogo en que todas las ideas del mundo se mejen para hacerse problema personal, pasión viva, prueba hirviente, patético egoísmo, no ha dejado de sorprender a los franceses, grandes amigos de conversaciones o cambios de ideas, prudente dialéctica, tras de la cual se conviene en que la inquietud individual se vele cortésmente hasta olvidarse y perderse: grandes amigos también de interviús y de encuestas en que el espíritu cede a las sugestiones de un periodista que conoce bien a su público y sabe los problemas generales y muy de actualidad a que es absolutamente preciso dar una respuesta, los puntos sobre que es oportuno hacer nacer escándalo y aquellos al contrario que exigen una solución apaciguadora. Pero ¿qué tiene que hacer aquí el soliloquio de un viejo español que no quiere morirse?

---

* El corolario de este pensamiento: «Las palabras alineadas de otro modo dan un sentido diverso y los sentidos diversamente alineados hacen un efecto diferente», ha sido comentado en todas las ediciones clásicas Hachette, la grande y la pequeña, por estos ejemplos que da un profesor: «Tal la diferencia entre *grand homme* y *homme grand, galant homme* y *homme galant*, etcétera, etc.» Mas esta monstruosa tontería no indignará a Unamuno, profesor él mismo —otra contradicción de este hombre amasado con antítesis—, pero que profesa ante todo el odio a los profesores. [Nota de Jean Cassou.]

[15] Según nos informa Paul R. Olson *(op. cit.,* pág. 119, n. 21) esta nota de Cassou es una crítica de los comentarios hechos por el profesor Léon Brunschvicg, redactor de la edición Hachette de los *Pensées,* a un pasaje en que Pascal se defiende de la acusación de falta de originalidad. La cita que Cassou da entre comillas en el texto no reproduce de forma literal ninguna expresión ni de Pascal ni de Buffon.

Prodúcese en la marcha de nuestra especie una perpetua y entristecedora degradación de energía: toda generación se desenvuelve con una pérdida más o menos constante del sentido humano, de lo absoluto humano. Tan sólo se asombran de ello algunos individuos que en su avidez terrible no quieren perder nada, sino, lo que es más aún, ganarlo todo. Es la cuita de Pascal que no puede comprender que se deje uno distraer de ello. Es la cuita de los grandes españoles para quienes las ideas y todo lo que puede constituir una economía provisoria —moral o política— no tiene interés alguno. No tienen economía más que de lo individual y, por lo tanto, de lo eterno. Y así, para Unamuno hacer política es, todavía, salvarse. Es defender su persona, afirmarla, hacerla entrar para siempre en la historia. No es asegurar el triunfo de una doctrina, de un partido, acrecentar el territorio nacional o derribar un orden social. Así es que Unamuno si hace política no puede entenderse con ningún político. Los decepciona a todos y sus polémicas se pierden en la confusión, porque es consigo mismo con quien polemiza. El Rey, el Dictador; de buena gana haría de ellos personajes de su escena interior. Como lo ha hecho con el Hombre Kant o con Don Quijote.

Así es que Unamuno se encuentra en una continua mala inteligencia con sus contemporáneos. Político para quien las fórmulas de interés general no representan nada, novelista y dramaturgo a quien hace sonreír todo lo que se puede contar sobre la observación de la realidad y el juego de las pasiones, poeta que no concibe ningún ideal de belleza soberana, Unamuno, feroz y sin generosidad, ignora todos los sistemas, todos los principios, todo lo que es exterior y objetivo. Su pensamiento, como el de Nietzsche, es impotente para expresarse en forma discursiva. Sin llegar hasta a recogerse en aforismos y forjarse a martillazos es, como el del poeta filósofo, ocasional y sujeto a las acciones más diversas. Sólo el suceso personal lo determina, necesita de un excitante y de una resistencia; es un pensamiento esencialmente exegético. Unamuno, que no tiene una doctrina propia, no ha escrito más que libros de comentarios; comentarios al *Quijote*, comentarios al Cristo de Velázquez, comentarios a los discursos de Primo de Rivera. Sobre todo comentarios a todas esas cosas en cuanto afectan a la integridad de don Miguel de Unamuno, a su conservación, a su vida terrestre y futura.

Del mismo modo, Unamuno poeta es por completo poeta de circunstancia —aunque, claro está que en el sentido más amplio de la palabra—. Canta siempre algo. La poesía no es para él ese ideal de sí misma tal como podía alimentarlo un Góngora. Pero, tempestuoso y altanero como un proscrito del *Risorgimento,* Unamuno siente a las veces la necesidad de clamar, bajo forma lírica, sus recuerdos de niñez, su fe, sus esperanzas, los dolores de su destierro. El arte de los versos no es para él una ocasión de abandonarse. Es más bien, por el contrario, una ocasión, más alta sólo y como más necesaria, de redecirse y de recogerse. En las vastas perspectivas de esta poesía oratoria, dura, robusta y romántica, sigue siendo él mismo más poderosamente todavía y como gozoso de ese triunfo más difícil que ejerce sobre la materia verbal y sobre el tiempo.

Nos hemos propuesto el arte como un canon que imitar, una norma que alcanzar o un problema que resolver. Y si nos hemos fijado un postulado no nos agrada que se aparte alguien de él. ¿Admitiremos las obras que escribe este hombre, tan erizadas de desorden al mismo tiempo que ilimitadas y monstruosas, que no se las puede encasillar en ningún género y en las que nos detienen a cada momento intervenciones personales, y con una truculenta y familiar insolencia, el curso de la ficción —filosófica o estética—, en que estábamos a punto de ponernos de acuerdo?

Cuéntase de Luis Pirandello, a cuyo idealismo irónico se le han reprochado a menudo ciertos juegos unamunianos[16], que ha guardado largo tiempo consigo, en su vida cotidiana, a su madre loca. Una aventura parecida le ha ocurrido a Unamuno, que ha vivido su existencia toda en compañía de un loco y el más divino de todos: Nuestro Señor Don Quijo-

---

[16] *Vid.* el artículo de Unamuno, «Pirandello y yo» (1923).

te. De aquí que Unamuno no pueda sufrir ninguna servidumbre. Las ha rechazado todas. Si este prodigioso humanista, que ha dado la vuelta a todas las cosas conocibles, ha tomado en horror dos ciencias particulares: la pedagogía y la sociología, es, sin duda alguna, a causa de su pretensión de someter la formación del individuo y lo que de más profundo y de menos reductible lleva ello consigo, a una construcción *a priori*. Si se quiere seguir a Unamuno hay que ir eliminando poco a poco de nuestro pensamiento todo lo que no sea su integridad radical, y prepararnos a esos caprichos súbitos, a esas escapadas de lenguaje por las que esa integridad tiene que asegurarse en todo momento de su flexibilidad y de su buen funcionamiento. A nosotros nos parece que no aceptar las reglas es arriesgarnos a caer en el ridículo. Y precisamente Don Quijote ignora este peligro. Y Unamuno quiere ignorarlo. Los conoce todos, salvo ése. Antes de someterse a la menor servidumbre prefiere verse reducido a esa sima resonante de carcajadas.

***

Habiendo apartado de Unamuno todo lo que no es él mismo, pongámonos en el centro de su resistencia: el hombre aparece, formado, dibujado, en su realidad física. Marcha derecho, llevando, a donde quiera que vaya, o donde quiera que se pasee, en aquella hermosa plaza barroca de Salamanca, o en las calles de París, o en los caminos del país vasco, su inagotable monólogo, siempre el mismo, a pesar de la riqueza de las variantes. Esbelto, vestido con el que llama su uniforme civil, firme la cabeza sobre los hombros que no han podido sufrir jamás, ni aun en tiempo de nieve, un sobretodo, marcha siempre hacia delante, indiferente a la calidad de sus oyentes, a la manera de su maestro que discurría ante los pastores como ante los duques, y prosigue el trágico juego verbal del que, por otra parte, no se deja sorprender. Y ¿no atribuye también la mayor importancia trascendental a ese arte de las pajaritas de papel que es su triunfo? ¿Todo ese conceptismo lo expresarán, lo prolongarán más esos jugueteos filológicos? Con Unamuno tocamos el fondo del nihilismo español. Comprendemos que este mundo depende hasta tal punto del sueño, que ni merece ser soñado en una forma sistemática. Y si los filósofos se han arriesgado a ello es sin duda por un exceso de candor. Es que han sido presos en su propio lazo. No han visto la parte de sí mismos, la parte de ensueño personal que ponían en su esfuerzo. Unamuno, más lúcido, se siente obligado a detenerse a cada momento para contradecirse y negarse. Porque se muere.

Pero ¿para qué las coyunturas del mundo habrían de haber producido este accidente: Miguel de Unamuno, si no es para que dure y se eternice? Y balanceado entre el polo de la nada y el de la permanencia, sigue sufriendo ese combate de su existencia cotidiana donde el menor suceso reviste la importancia más trágica; no hay ninguno de sus gestos que pueda someterse a ese ordenamiento objetivo y convenido por que reglamos los nuestros. Los suyos están bajo la dependencia de un más alto deber; refiérelos a su cuita de permanecer.

Y así nada de inútil, nada de perdido en las horas en medio de las cuales se revuelve, y los instantes más ordinarios, en que nos abandonamos al curso del mundo, él sabe que los emplea en ser él mismo. Jamás le abandona su congoja, ni aquel orgullo que comunica esplendor a todo cuanto toca, ni esa codicia que le impide escurrirse y anonadarse sin conocimiento de ello. Está siempre despierto y, si duerme, es para recogerse mejor ante el sueño de la vela y gozar de él. Acosado por todos lados por amenazas y embates que sabe ver con una claridad bien amarga, su gesto continuo es el de atraer a sí todos los conflictos, todos los cuidados, todos los recursos. Pero reducido a ese punto extremo de la soledad y del egoísmo, es el más rico y el más humano de los hombres. Pues no cabe negar que haya reducido todos los problemas al más sencillo y el más natural, y nada nos impide mirarnos en él como en un hombre ejemplar: encontraremos la más viva de las emociones. Desprendámonos de lo social, de lo temporal, de los dogmas y de las costumbres de nuestro hormiguero. Va a desaparecer un hombre: todo está ahí. Si rehúsa, minuto a minuto, esa partida, acaso va a salvarnos. A fin de cuentas es a nosotros a quienes defiende defendiéndose.

Jean Cassou

Comentario

¡Ay, querido Cassou!, con este retrato me tira usted de la lengua y el lector comprenderá que si lo incluyo aquí, traduciéndolo, es para comentarlo. Ya el mismo Cassou dice que no he escrito sino comentarios, y aunque no entienda muy bien esto ni acierte a comprender en qué se diferencian de los comentarios los que no lo son, me aquieto pensando que acaso la *Ilíada* no es más que un comentario a un episodio de la guerra de Troya, y la *Divina Comedia* un comentario a las doctrinas escatológicas de la teología católica medieval y a la vez a la revuelta historia florentina del siglo XIII y a las luchas del Pontificado y el Imperio[17]. Bien es verdad que el Dante no pasó de ser, según los de la poesía pura —he leído hace poco los comentarios estéticos del abate Bremond[18]—, un poeta de circunstancias. Como los Evangelios y las epístolas paulinianas no son más que escritos de circunstancias.

Y ahora repasando el «Retrato» de Cassou y mirándome, no sin asombro, en él como en un espejo, pero en un espejo

---

[17] La Rubia Prado se detiene ante esta reflexión de Unamuno acerca del carácter intertextual y derivativo de toda escritura. Al igual que ya habían hechos los románticos, cuando Unamuno, en la *Vida de Don Quijote y Sancho* o en *El hermano Juan*, por ejemplo, escoge motivos que suponen una renuncia a la creación de un tema nuevo, está desafiando la noción humanista tradicional de la originalidad (*vid.* La Rubia Prado, *op. cit.*, págs. 25-26).

[18] Henri Bremond (1865-1933), autor de un discurso titulado «La poésie pure» (1925), seguido de una serie de *Éclaircissements*, publicadas en *Les nouvelles littéraires*, entre el 31 de octubre de 1925 y el 16 de enero de 1926, recogidos luego en *La poésie pure (avec un débat sur la poésie pure de Robert de Souza)*, París, Grasset, 1926.

tal que vemos más el espejo mismo que lo en él espejado, empiezo por detenerme en eso de que deteniéndome en todos los puntos de mis lecturas no me haya detenido nunca en los dos pasajes que de San Agustín cita mi retratista. Hace ya muchos años, cerca de cuarenta, que leí las *Confesiones* del africano y, cosa rara, no las he vuelto a leer, y no recuerdo qué efecto me produjeron entonces, en mi mocedad, esos dos pasajes. ¡Eran tan otros los cuidados que me atosigaban entonces, cuando mi mayor cuita era la de poder casarme cuanto antes con la que es hoy y será siempre la madre de mis hijos y por ende mi madre! Sí, gusto detenerme —aunque habría que decir algo más íntimo y vital y menos estético que gustar—, gusto detenerme no sólo en todos los puntos de mis lecturas, sino en todos los momentos que pasan, en todos los momentos por que paso. Se habla por hablar del libro de la vida, y para los más de los que emplean esta frase tan preñada de sentido como casi todas las que llegan a la preeminencia de lugares comunes, eso del libro de la vida, como lo del libro de la naturaleza, no quiere decir nada. Es que los pobrecitos no han comprendido, si es que lo conocen, aquel pasaje del Apocalipsis, del Libro de la Revelación, en que el Espíritu le manda al Apóstol que se coma un libro[19]. Cuando un libro es cosa viva hay que comérselo, y el que se lo come, si a su vez es viviente, si está de veras vivo, revive con esa comida. Pero para los escritores —y lo triste es que ya apenas leen sino los mismos que escriben—, para los escritores un libro no es más que un escrito, no es una cosa sagrada, viviente, revividora, eternizadora, como lo son la Biblia, el Corán, los Discursos de Buda, y nuestro libro, el de España, el *Quijote*. Y sólo pueden sentir lo apocalíptico, lo revelador de comerse un libro los que sienten cómo el Verbo se hizo carne a la vez que se hizo letra y comemos, en pan de vida eterna, eucarísticamente, esa carne y esa letra. Y la letra que comemos, que es carne, es también palabra, sin que ello quiera decir que es idea, esto es: esqueleto. De esqueletos no se vive; nadie se ali-

---

[19] Apocalipsis, X, 9: «Yo fui donde el ángel, diciéndole que me diera el libro. Y me respondió: "Toma y cómelo; te amargará las entrañas, pero en tu boca será dulce como la miel".»

menta con esqueletos. Y he aquí por qué suelo detenerme al azar de mis lecturas de toda clase de libros, y entre ellos del libro de la vida, de la historia que vivo, y del libro de la naturaleza, en todos los puntos vitales.

Cuenta el cuarto Evangelio (Juan, VIII, 6-9), y para esto nos salen ahora diciendo los ideólogos que el pasaje es apócrifo, que cuando los escribas y fariseos le presentaron a Jesús la mujer adúltera, él, doblegándose a tierra, escribió en el polvo de ésta, sin caña ni tinta, con el dedo desnudo, y mientras le interrogaban volvió a doblegarse y a escribir después de haberles dicho que el que se sintiese sin culpa arrojase el primero una piedra a la pecadora, y ellos, los acusadores, se fueron en silencio. ¿Qué leyeron en el polvo sobre que escribió el Maestro? ¿Leyeron algo? ¿Se detuvieron en aquella lectura? Yo, por mi parte, me voy por los caminos del campo y de la ciudad, de la naturaleza y de la historia, tratando de leer, para comentarlo, lo que el invisible dedo desnudo de Dios ha escrito en el polvo que se lleva el viento de las revoluciones naturales y el de las históricas. Y Dios al escribirlo se doblega a tierra. Y lo que Dios ha escrito es nuestro propio milagro, el milagro de cada uno de nosotros, San Agustín, Juan Jacobo, Juan Cassou, tú, lector, o yo que escribo ahora con pluma y tinta este comentario, el milagro de nuestra conciencia de la soledad y de la eternidad humanas.

¡La soledad! La soledad es el meollo de nuestra esencia, y con eso de congregarnos, de arrebañarnos, no hacemos sino ahondarla. Y ¿de dónde si no de la soledad, de nuestra soledad radical, ha nacido esa envidia, la de Caín, cuya sombra se extiende —bien lo decía mi Antonio Machado— sobre la solitaria desolación del alto páramo castellano? Esa envidia, cuyo poso ha remejido la actual Tiranía española, que no es sino el fruto de la envidia cainita, principalmente de la conventual y de la cuartelera, de la frailuna y de la castrense, esa envidia que nace de los rebaños sometidos a ordenanza, esa envidia inquisitorial ha hecho la tragedia de la historia de nuestra España. El español se odia a sí mismo.

Ah, sí, hay una humanidad por dentro de esa otra triste humanidad arrebañada, hay una humanidad que confieso y por la que clamo. ¡Y con qué acierto verbal ha escrito Cassou que hay que darle una «organización divina»! ¿Organización divina? Lo que hay que hacer es organizar a Dios.

Es cierto; el Augusto Pérez de mi *Niebla* me pedía que no le dejase morir, pero es que a la vez que yo le oía eso —y se lo oía cuando lo estaba, a su dictado, escribiendo—, oía también a los futuros lectores de mi relato, de mi libro, que mientras lo comían, acaso devorándolo, me pedían que no les dejase morir. Y todos los hombres en nuestro trato mutuo, en nuestro comercio espiritual humano, buscamos no morirnos; yo no morirme en ti, lector que me lees, y tú no morirte en mí que escribo para ti esto. Y el pobre Cervantes, que es algo más que un pobre cadáver, cuando al dictado de Don Quijote escribió el relato de la vida de éste, buscaba no morir. Y a propósito de Cervantes, no quiero dejar pasar la coyuntura de decir que cuando nos dice que sacó la historia del Caballero de un libro arábigo de Cide Hamete Benengeli, quiere decirnos que no fue mera ficción de su fantasía[20]. La ocurrencia de Cide Hamete Benengeli encierra una profunda lección que espero desarrollar algún día[21]. Porque ahora debo pasar, al azar del comentario, a otra cosa.

A cuando Cassou comenta aquello que yo he dicho y escrito, y más de una vez, de mi España, que es tanto mi hija como mi madre. Pero mi hija por ser mi madre, y mi madre por ser mi hija. O sea mi mujer. Porque la madre de nuestros hijos es nuestra madre y es nuestra hija. ¡Madre e hija! Del seno desgarrado de nuestra madre salimos, sin conciencia, a ver a la luz del sol, el cielo y la tierra, la azulez y la verdura, y ¡qué mayor consuelo que el poder, en nuestro último momento, reclinar la cabeza en el regazo conmovido de una hija y morir, con los ojos abiertos, bebiendo con ellos, como viático, la verdura eterna de la patria!

---

[20] *Vid.* Cervantes, *Don Quijote de la Mancha*, cap. IX.
[21] Véase el prólogo de Unamuno a la tercera edición de *Vida de Don Quijote y Sancho*, escrito en 1928, en Hendaya, durante su destierro, y el *Manual de quijotismo* (*op. cit.*, pág. 102).

Dice Cassou que mi obra no palidece. Gracias. Y es porque es la misma siempre. Y porque la hago de tal modo que pueda ser otra para el lector que la lea comiéndola. ¿Qué me importa que no leas, lector, lo que yo quise poner en ella, si es que lees lo que te enciende en vida? Me parece necio que un autor se distraiga en explicar lo que quiso decir, pues lo que nos importa no es lo que quiso decir, sino lo que dijo, o mejor lo que oímos[22]. Así Cassou me llama, además de salvaje —y si esto quiere decir hombre de la selva, me conformo—, paradójico e irreconciliable. Lo de paradójico me lo han dicho muchas veces y de tal modo que he acabado por no saber qué es lo que entienden por paradoja los que me lo han dicho. Aunque paradoja es, como pesimismo, una de las palabras que han llegado a perder todo sentido en nuestra España de la conformidad rebañega. ¿Irreconciliable yo? ¡Así se hacen las leyendas! Mas dejemos ahora esto.

Luego me dice Cassou muerto y resucitado a la vez —*mort et ressucité ensemble*—. Al leer esto de resucitado sentí un escalofrío de congoja. Porque se me hizo presente lo que se nos cuenta en el cuarto Evangelio (Juan, XII, 10) de que los sacerdotes tramaban matar a Lázaro resucitado porque muchos de los judíos se iban por él a Jesús y creían. Cosa terrible ser resucitado y más entre los que teniendo nombre de vivos están muertos según el Libro de la Revelación (Ap., III, 1-2). Estos pobres muertos ambulantes y parlantes y gesticulantes y accionantes que se acuestan sobre el polvo en que escribió el dedo desnudo de Dios, y no leen nada en él y como nada leen no sueñan. Ni leen nada tampoco en la verdura del campo. Porque ¿no te has detenido nunca, lector, en aquel abismático momento poético del mismo cuarto Evangelio (Juan, VI, 10) donde se nos cuenta cuando seguía una gran muchedumbre a Jesús más allá del lago de Tiberiades, de Galilea, y había que buscar pan

---

[22] Evidentemente, Unamuno se adelanta aquí a las modernas teorías de la lectura y recepción del texto, en clara sintonía con el postestructuralismo contemporáneo que tiende a rechazar la intencionalidad del autor o la creencia de que los textos tengan un significado *a priori* (*vid.* al respecto La Rubia Prado, *op. cit.*, pág. 39).

para todos y apenas si tenían dinero y Jesús dijo a sus apóstoles: «¡Haced que los hombres se sienten!»? Y añade el texto del Libro: «Pues había mucha yerba en el lugar». Mucha yerba verde, mucha verdura del campo, allí donde la muchedumbre hambrienta de la palabra del Verbo, del Maestro, había de sentarse para oírle, para comer su palabra. ¡Mucha yerba! No se sentaron sobre el polvo que arremolina el viento, sino sobre la verde yerba que mece la brisa. ¡Había mucha yerba!

Dice luego Cassou que yo no tengo ideas, pero lo que creo que quiere decir es que las ideas no me tienen a mí. Y hace unos comentarios sugeridos seguramente por cierta conversación que tuve con un periodista francés y que se publicó en *Les Nouvelles Litteraires*[23]. ¡Y cómo me ha pesado después el haber cedido a la invitación de aquella entrevista! Porque, en efecto, ¿qué es lo que podía yo decir a un reportero que conoce a su público y sabe los problemas generales y de actualidad —que son, por ser los menos individuales, a la vez los menos universales y son los de menos eternidad— a que hay que dar una respuesta, los puntos en que es oportuno hacer nacer escándalo y aquellos que exigen una solución apaciguadora? ¡Escándalo! Pero ¿qué escándalo? No aquel escándalo evangélico[24], aquel de que nos habla el Cristo, diciendo que es menester, que le hay, mas ¡ay de aquel por quien viniere!, no el escándalo satánico o el luzbelino, que es un escándalo arcangélico e infernal, sino el miserable escándalo de las cominerías de los cotarros literarios, de esos mezquinos y menguados cotarros de los hombres de letras que ni saben comerse un libro —no pasan de leerlo— ni saben amasar con su sangre y su carne un libro que se coma, sino escribirlo con tinta y pluma. Tiene razón Cassou, ¿qué tiene que hacer en esas interviús un hombre, español o no, que no quiere morirse y que sabe que el soliloquio es el modo de conversar de las almas que sienten la soledad

---

[23] Se refiere a la entrevista de Frédéric Lefèvre, «Une heure avec Miguel de Unamuno», *Les nouvelles littéraires* (2 de agosto de 1924).
[24] Mateo, XVIII, 7: «¡Ay del mundo por los escándalos! Porque no puede menos de haber escándalos; pero ¡ay de aquel por quien viniere el escándalo!»

divina? ¿Y qué le importa a nadie lo que Pedro juzga de Pablo, o la estimación que de Juan hace Andrés?

No, no me importan los problemas que llaman de actualidad y que no lo son. Porque la verdadera actualidad, la siempre actual, es la del presente eterno. Muchas veces en estos días trágicos para mi pobre patria oigo preguntar: «¿Y qué haremos mañana?» No, sino qué vamos a hacer ahora. O mejor, qué voy a hacer yo ahora, qué va a hacer ahora cada uno de nosotros. Lo presente y lo individual; el ahora y el aquí. En el caso concreto de la actual situación política —o mejor que política, apolítica, esto es, incivil— de mi patria, cuando oigo hablar de política futura y de reforma de la Constitución contesto que lo primero es desembarazarnos de la presente miseria, lo primero acabar con la tiranía y enjuiciarla para ajusticiarla. Y lo demás que espere. Cuando el Cristo iba a resucitar a la hija de Jairo se encontró con la hemorroidesa y detúvose con ella, pues era lo del momento; la otra, la muerta, que esperase[25].

Dice Cassou, generalizándolo por mí, que para los grandes españoles todo lo que puede constituir una economía provisoria —moral o política— no tiene interés alguno, que no tienen economía más que de lo individual y, por tanto, de lo eterno, que para mí el hacer política es salvarme, defender mi persona, afirmarla, hacerla entrar para siempre en la historia. Y respondo: primero, que lo provisorio es lo eterno, que el aquí es el centro del espacio infinito, el foco de la infinitud, y el ahora el centro del tiempo, el foco de la eternidad; luego, que lo individual es lo universal —en lógica los juicios individuales se asimilan a los universales— y, por lo tanto, lo eterno, y por último, que no hay otra política que la de salvar en la historia a los individuos. Ni el asegurar el triunfo de una doctrina, de un partido, acrecentar el territorio nacional o derribar un orden social vale nada como no sea para salvar las almas de los hombres individuales. Y respondo también que puedo entenderme con políticos —y me he entendido más de una vez con alguno de

---

[25] Mateo, IX, 18-26.

ellos—, que puedo entenderme con todos los políticos que sienten el valor infinito y eterno de la individualidad. Y aunque se llamen socialistas y precisamente acaso por llamarse así. Y sí, hay que entrar para siempre —*à jamais*— en la historia. ¡Para siempre! El verdadero padre de la historia histórica, de la historia política, el profundo Tucídides —verdadero maestro de Maquiavelo— decía que escribía la historia «para siempre», εις αιει[26]. Y escribir historia para siempre es una de las maneras, acaso la más eficaz, de entrar para siempre en la historia, de hacer historia para siempre. Y si la historia humana es, como lo he dicho y repetido, el pensamiento de Dios en la tierra de los hombres, hacer historia, y para siempre, es hacer pensar a Dios, es organizar a Dios, es amasar la eternidad. Y por algo decía otro de los más grandes discípulos y continuadores de Tucídides, Leopoldo de Ranke[27], que cada generación humana está en contacto inmediato con Dios. Y es que el Reino de Dios, cuyo advenimiento piden a diario los corazones sencillos —«¡venga a nos el tu reino!»—, ese reino que está dentro de nosotros, nos está viniendo momento a momento, y ese reino es la eterna venida de él. Y toda la historia es un comentario del pensamiento de Dios.

¿Comentario? Cassou dice que no he escrito más que comentarios. ¿Y los demás qué han escrito? En el sentido restringido y académico en que Cassou parece querer emplear ese vocablo, no sé que mis novelas y mis dramas sean comentarios. Mi *Paz en la guerra*, pongo por caso, ¿en qué es comentario? Ah, sí, comentario a la historia política de la guerra civil carlista de 1873 a 1876. Pero es que hacer comentarios es hacer historia. Como escribir contando cómo se hace una novela es hacerla. ¿Es más que una novela la vida de cada uno de nosotros? ¿Hay novela más novelesca que una autobiografía?

---

[26] Tucídides (siglo v a.C.), *Historia*, I, XXII. Unamuno cita de nuevo este pasaje de Tucídides en el prólogo a *San Manuel Bueno, mártir y tres historias más*.
[27] Leopold von Ranke (1795-1886), considerado como el padre de la ciencia historiográfica moderna, afirmó: «cada época está en una relación inmediata con Dios, y su valor no depende de lo que procede de ella, sino de su misma existencia, de su propio ser» *(Über die Epochen der neuren Geschichte*, 1888).

Quiero pasar de ligero lo que Cassou me dice de ser yo poeta de circunstancia —Dios lo es también— y lo que comenta de mi poesía «oratoria, dura, robusta y romántica». He leído hace poco lo que se ha escrito de la poesía pura —pura como el agua destilada, que es impotable, y destilada en alquitara de laboratorio y no en las nubes que se ciernen al sol y al aire libres—, y en cuanto a romanticismo he concluido por poner este término al lado de los de paradoja y pesimismo, es decir, que no sé ya lo que quiera decir, como no lo saben tampoco los que de él abusan.

A renglón seguido Cassou se pregunta si admitirán mis obras erizadas de desorden, ilimitadas y monstruosas, y a las que no se les puede encasillar en ningún género —«encasillar», *classer*, y «género», ¡aquí está el toque!— y habla de cuando el lector está a punto de ponerse de acuerdo —*nous mettre d'accord*— con el curso de la ficción que le presento. Pero ¿y para qué tiene el lector que ponerse de acuerdo con lo que el escritor dice? Por mi parte, cuando me pongo a leer a otro no es para ponerme de acuerdo con él. Ni le pido semejante cosa. Cuando alguno de esos lectores impenetrables, de esos que no saben comerse libros ni salirse de sí mismos, me dice después de haber leído algo mío: «¡No estoy conforme!, ¡no estoy conforme!», le replicó, celando cuanto puedo mi compasión: «¿Y qué nos importa, señor mío, ni a usted ni a mí el que no estemos conformes?» Es decir, por lo que a mí hace, ni estoy siempre conforme conmigo mismo y suelo estarlo con los que no se conforman conmigo. Lo propio de una individualidad viva, siempre presente, siempre cambiante y siempre la misma, que aspira a vivir siempre —y esa aspiración es su esencia—, lo propio de una individualidad que lo es, que es y existe, consiste en alimentarse de las demás individualidades y darse a ellas en alimento. En esa consistencia se sostiene su existencia y resistir a ello es desistir de la vida eterna. Y ya ven Cassou y el lector a qué juegos dialécticos tan conceptistas —tan españoles— me lleva el proceso etimológico de ex-sistir, con-sistir, re-sistir y de-sistir. Y aún falta in-sistir, que dicen algunos que es mi característica: la insistencia. Con todo lo cual creo a-sistir a mis prójimos, a mis hermanos, a mis co-hombres, a que se encuentren a sí mismos y entren para siempre en la historia y se hagan su propia novela. ¡Estar conformes! ¡Bah!; hay animales herbívoros y hay plantas carnívoras. Cada uno se sostiene de sus contrarios.

Cuando Cassou menciona el rasgo más íntimo, más entrañado, más humano de la novela dramática que es la vida de Pirandello, el que haya tenido consigo, en su vida cotidiana, a su madre loca —¡y qué!, ¿iba a echarla en un manicomio?—, me sentí estremecido, porque ¿no guardo yo, y bien apretada a mi pecho, en mi vida cotidiana, a mi pobre madre España, loca también? No a Don Quijote sólo, no, sino a España, a España loca como Don Quijote; loca de dolor, loca de vergüenza, loca de desesperanza, y ¿quién sabe?, loca acaso de remordimiento. Esa cruzada en que el rey Alfonso XIII, representante de la extranjería espiritual habsburgiana, la ha metido, ¿es más que una locura? Y no una locura quijotesca.

En cuanto a Don Quijote, ¡he dicho ya tanto...!, ¡me ha hecho decir tanto...! Un loco, sí, aunque no el más divino de todos. El más divino de los locos fue y sigue siendo Jesús, el Cristo. Pues cuenta el segundo Evangelio, el según Marcos (III, 21), que los suyos —*hoi par'autou*—, los de su casa y familia, su madre y sus hermanos —como dice luego el versillo 31—, fueron a recogerle diciendo que estaba fuera de sí —*hoti exeste*—, enajenado, loco. Y es curioso que el término griego con el que se expresa que uno está loco sea el de estar fuera de sí, análogo al latino *ex-sistere*, existir. Y es que la existencia es una locura y el que existe, el que está fuera de sí, el que se da, el que trasciende, está loco. Ni es otra la santa locura de la cruz. Contra lo cual la cordura, que no es sino tontería, de estarse en sí, de reservarse, de recogerse. Cordura de que estaban llenos aquellos fariseos que reprochaban a Jesús y sus discípulos el que arrancaran espigas de trigo para comérselas, después de trilladas por restrego de las manos, en sábado, y que curara Jesús a un manco en sábado, y de quienes dice el tercer Evangelio (Luc., VI, 11) que estaban llenos de demencia o de necedad —*anoias*— y no de locura. Necios o dementes los fariseos litúrgicos y observantes, y no locos. Aunque fariseo empezó siendo aquel

Pablo de Tarso, el descubridor místico de Jesús, a quien el pretor Festo le dijo dando una gran voz (Hechos, XXVI, 24): «Estás loco, Pablo; las muchas letras te han llevado a la locura». Si bien no empleó el término evangélico de la familia del Cristo, el de que estaba fuera de sí, sino que desbarraba —*mainei*— que había caído en *manía*. Y emplea este mismo vocablo que ha llegado hasta nosotros. San Pablo era para el pretor Festo un maniático; las muchas letras, las muchas lecturas, le habían vuelto el seso, secándoselo o no, como a Don Quijote las de los libros de caballerías.

Y ¿por qué han de ser lecturas las que le vuelvan a uno loco como le volvieron a Pablo de Tarso y a Don Quijote de la Mancha? ¿Por qué ha de volverse uno loco comiendo libros? ¡Hay tantos modos de enloquecer!, y otros tantos de entontecerse. Aunque el más corriente modo de entontecimiento proviene de leer libros sin comérselos, de tragar letra sin asimilársela haciéndola espíritu. Los tontos se mantienen —se mantienen en su tontería— con huesos y no con carne de doctrina. Y los tontos son los que dicen: «¡de mí no se ríe nadie!», que es también lo que suele decir el general Martínez Anido, verdugo mayor de España, a quien no le importa que se le odie con tal de que se le tema. «¡De mí no se ríe nadie!», y Dios se está riendo de él. Y de las tonterías que propala a cuenta del bolcheviquismo.

Quisiera no decir nada de los últimos retoques del retrato que me ha hecho Cassou, pero no puedo resistir a cuatro palabras sobre lo del fondo del nihilismo español. Que no me gusta la palabra. *Nihilismo* nos suena, o mejor, nos sabe a ruso, aunque un ruso diría que el suyo fue *nichevismo;* nihilismo se le llamó al ruso. Pero *nihil* es palabra latina. El nuestro, el español, estaría mejor llamado *nadismo*, de nuestro abismático vocablo: nada. *Nada*, que significando primero cosa nada o nacida, algo, esto es: todo, ha venido a significar, como el francés *rien*, de *rem = cosa* —y como *personne*— la no cosa, la nonada, la nada. De la plenitud del ser se ha pasado a su vaciamiento.

La vida, que es todo, y que por serlo todo se reduce a nada, es sueño, o acaso sombra de un sueño, y tal vez tiene razón Cassou cuando dice que no merece ser soñada bajo una forma sistemática. ¡Sin duda! El sistema —que es la consistencia— destruye la esencia del sueño y con ello la esencia de la vida. Y en efecto, los filósofos no han visto la parte que de sí mismos, del ensueño que ellos son, han puesto en su esfuerzo por sistematizar la vida y el mundo y la existencia. No hay más profunda filosofía que la contemplación de cómo se filosofa. La historia de la filosofía es la filosofía perenne.

Tengo, por fin, que agradecer a mi Cassou —¿no le he hecho yo, el retratado, el autor del retrato?— que reconozca que, a fin de cuentas, defendiéndome defiendo a mis lectores y, sobre todo, a mis lectores que se defienden de mí. Y así cuando les cuento cómo se hace una novela, o sea, cómo estoy haciendo la novela de mi vida, mi historia, les llevo a que se vayan haciendo su propia novela, la novela que es la vida de cada uno de ellos. Y desgraciados si no tienen novela. Si tu vida, lector, no es una novela, una ficción divina, un ensueño de eternidad, entonces deja estas páginas, no me sigas leyendo. No me sigas leyendo porque me te indigestaré y tendrás que vomitarme sin provecho ni para mí ni para ti.

***

Y ahora paso a retraducir mi relato de cómo se hace una novela. Y como no me es posible reponerlo sin repensarlo, es decir, sin revivirlo, he de verme empujado a comentarlo. Y como quisiera respetar lo más que me sea hacedero al que fui, al de aquel invierno de 1924 a 1925, en París, cuando le añada un comentario le pondré encorchetado, entre corchetes, así: [ ].

Con esto de los comentarios encorchetados y con los tres relatos enchufados unos en otros que constituyen el escrito, va a parecerle éste a algún lector algo así como esas cajitas de laca japonesas que encierran otra cajita y ésta otra y luego otra más, cada una cincelada y ordenada como mejor el artista pudo, y al último, una final cajita... vacía[28]. Pero así es el mundo, y

---

[28] Advierte Olson que el símil de las cajas japonesas pudo tomarlo Unamuno de Kierkegaard, quien dice justamente en el Prólogo de *O lo uno o lo otro*, obra presentada como una serie de manuscritos de varios autores, todos ellos seudónimos

la vida. Comentarios de comentarios y otra vez más comentarios. ¿Y la novela? Si por novela entiendes, lector, el argumento, no hay novela. O lo que es lo mismo, no hay argumento. Dentro de la carne está el hueso y dentro del hueso el tuétano, pero la novela humana no tiene tuétano, carece de argumento. Todo son las cajitas, los ensueños. Y lo verdaderamente novelesco es cómo se hace una novela.

---

del mismo Kierkegaard: «El último de los escritos del autor A es un cuento titulado *Diario de un seductor*. Aquí nos encontramos ante nuevas dificultades, puesto que A no confiesa ser el autor, sino tan sólo el editor. Es este un viejo truco del novelista, y yo no tendría nada que objetarle si no hiciera tan complicada mi propia posición, porque así resulta que un autor está encerrado dentro de otro, como las cajas de un rompecabezas de cajas chinas» (traducción de *Soren Kierkegaards Samlede Vaerker,* I, Copenhague, 1901, pág. X, cit. por Olson, op. cit., pág. 12).

Cómo se hace una novela

Héteme aquí ante estas blancas páginas —blancas como el negro porvenir: ¡terrible blancura!— buscando retener el tiempo que pasa, fijar el huidero hoy, eternizarme o inmortalizarme en fin, bien que eternidad e inmortalidad no sean una sola y misma cosa. Héteme aquí ante estas páginas blancas, mi porvenir, tratando de derramar mi vida a fin de continuar viviendo, de darme la vida, de arrancarme a la muerte de cada instante. Trato, a la vez, de consolarme de mi destierro, del destierro de mi eternidad, de este destierro al que quiero llamar mi des-cielo.

¡El destierro!, ¡la proscripción!, y ¡qué de experiencias íntimas, hasta religiosas, le debo! Fue entonces, allí, en aquella isla de Fuerteventura, a la que querré eternamente y desde el fondo de mis entrañas, en aquel asilo de Dios, y después aquí, en París, henchido y desbordante de historia humana, universal, donde he escrito mis sonetos[29], que alguien ha comparado, por el origen y la intención, a los *Castigos* escritos contra la tiranía de Napoleón el Pequeño, por Víctor Hugo en su isla de Guernesey[30]. Pero no me bastan, no es-

---

[29] Se trata del libro *De Fuerteventura a París. Diario íntimo de confinamiento y destierro vertido en sonetos por Miguel de Unamuno*, París, Excelsior, 1925.

[30] Victor Hugo (1802-1885) fue desterrado de Francia en enero de 1852. No regresó a París hasta 1870, pasando la mayor parte de su destierro —voluntario, al igual que el de Unamuno, desde 1859— en las islas inglesas de Jersey y Guernesey. En su obra *Les Châtiments* (1852) arremetió duramente contra Napoleón. Advierte Olson que si la poesía política del libro de sonetos *De Fuerteventura a París* (París, 1925) y del *Romancero del destierro* (Buenos Aires, 1928) recuerda los *Châti-*

toy en ellos con todo mi yo del destierro, me parecen demasiado poca cosa para eternizarme en el presente fugitivo, en este espantoso presente histórico, ya que la historia es la posibilidad de los espantos.

Recibo a poca gente; paso la mayor parte de mis mañanas solo, en esta jaula cercana a la plaza de los Estados Unidos. Después del almuerzo me voy a la Rotonda de Montparnasse, esquina del bulevar Raspail, donde tenemos una pequeña reunión de españoles, jóvenes estudiantes la mayoría, y comentamos las raras noticias que nos llegan de España, de la nuestra y de la de los otros, y recomenzamos cada día a repetir las mismas cosas, levantando, como aquí se dice, castillos en España. A esa Rotonda se le sigue llamando acá por algunos la de Trotski, pues parece que allí acudía, cuando desterrado en París, ese caudillo ruso bolchevique.

¡Qué horrible vivir en la expectativa, imaginando cada día lo que puede ocurrir al siguiente! ¡Y lo que puede no ocurrir! Me paso horas enteras, solo, tendido sobre el lecho solitario de mi pequeño hotel —*family house*—, contemplando el techo de mi cuarto, y no el cielo, y soñando en el porvenir de España y en el mío. O deshaciéndolos. Y no me atrevo a emprender trabajo alguno por no saber si podré acabarlo en paz. Como no sé si este destierro durará todavía tres días, tres semanas, tres meses o tres años —iba a añadir tres siglos—, no emprendo nada que pueda durar. Y, sin embargo, nada dura más que lo que se hace en el momento y para el momento. ¿He de repetir mi expresión favorita *la eternización de la momentaneidad?* Mi gusto innato —¡y tan español!— de las antítesis y del conceptismo me arrastraría a hablar de la *momentaneización de la eternidad.* ¡Clavar la rueda del tiempo!

---

ments, también los comentarios en prosa de los mismos libros podrían hacer pensar en *Napoleón le petit* de Hugo. Efectivamente, y aunque Unamuno no parece advertirlo, «muchos de los rasgos externos del destierro de Unamuno —meses pasados en una isla, rechazo de la amnistía, carácter personal de su polémica— se parecen más a los del destierro de Hugo que a las experiencias de Manzini», con las que él parece sentirse más identificado (Olson, *op. cit.*, págs. 18-19).

[Hace ya dos años y cerca de medio más que escribí en París estas líneas y hoy las repaso aquí, en Hendaya, a la vista de mi España. ¡Dos años y medio más! Cuando cuitados españoles que vienen a verme me preguntan refiriéndose a la tiranía: «¿Cuánto durará esto?», les respondo: «Lo que ustedes quieran». Y si me dicen: «¡Esto va a durar todavía mucho, por las trazas!» Yo: «¿Cuánto?, ¿cinco años más, veinte?, supongamos que veinte; tengo sesenta y tres, con veinte más, ochenta y tres; pienso vivir noventa; ¡por mucho que dure, yo duraré más!» Y en tanto a la vista tantálica de mi España vasca, viendo salir y ponerse el sol por las montañas de mi tierra. Sale por ahí, ahora un poco a la izquierda de la Peña de Aya, las Tres Coronas, y desde aquí, desde mi cuarto, contemplo en la falda sombrosa de esa montaña la cola de caballo, la cascada de Uramildea. ¡Con qué ansia lleno a la distancia mi vista con la frescura de ese torrente! En cuanto pueda volver a España iré, Tántalo libertado, a chapuzarme en esas aguas de consuelo.

Y veo ponerse el sol, ahora, a principios de junio, sobre la estribación del Jaizquibel, encima del fuerte de Guadalupe, donde estuvo preso el pobre general don Dámaso Berenguer[31], el de las incertidumbres. Y al pie del Jaizquibel me tienta a diario la ciudad de Fuenterrabía —oleografía en la tapa de España— con las ruinas, cubiertas de yedra, del castillo del Emperador Carlos I, el hijo de la Loca de Castilla y del Hermoso de Borgoña, el primer Habsburgo de España, con quien nos entró —fue la Contrarreforma— la tragedia en que aún vivimos. ¡Pobre príncipe Don Juan, el ex futuro Don Juan III, con quien se extinguió la posibilidad de una dinastía española, castiza de verdad!

¡La campana de Fuenterrabía! Cuando la oigo se me remejen las entrañas. Y así como en Fuerteventura y en París me di a hacer sonetos, aquí, en Hendaya, me ha dado, sobre todo, por hacer romances. Y uno de ellos a la campana de Fuenterrabía, a Fuenterrabía misma campana, que dice:

---

[31] Dámaso Berenguer y Fusté (1878-1953), ministro de la Guerra en 1918. La alusión de Unamuno en el texto se refiere a su procesamiento por responsabilidad culpable en el desastre de Annual, en 1921.

Si no has de volverme a España,
Dios de la única bondad,
si no has de acostarme en ella,
¡hágase tu voluntad!

Como en el cielo en la tierra
en la montaña y la mar,
Fuenterrabía soñada,
tu campana oigo sonar.

Es el llanto del Jaizquibel,
—sobre él pasa el huracán—,
entraña de mi honda España,
te siento en mí palpitar.

Espejo del Bidasoa
que vas a perderte al mar,
¡qué de ensueños te me llevas!,
a Dios van a reposar.

Campana Fuenterrabía,
lengua de la eternidad,
me traes la voz redentora
de Dios, la única bondad.

¡Hazme, Señor, tu campana,
campana de tu verdad,
y la guerra de este siglo
me dé en tierra eterna paz![32].

[Y volvamos al relato.]

---

[32] En la versión de este poema publicada en el *Romancero del destierro. Entre París y Hendaya 1925-1927* (Buenos Aires, Alba, 1928), figura este último verso con la variante: «deme en tierra eterna paz!».

En estas circunstancias y en tal estado de ánimo me dio la ocurrencia, hace ya algunos meses, después de haber leído la terrible *Piel de zapa (Peau de chagrin)*, de Balzac[33], cuyo argumento conocía y que devoré con una angustia creciente, aquí, en París y en el destierro, de ponerme en una novela que vendría a ser una autobiografía. Pero ¿no son acaso autobiografías todas las novelas que se eternizan y duran eternizando y haciendo durar a sus autores y a sus antagonistas?

En estos días de mediados de julio de 1925 —ayer fue el 14 de julio— he leído las eternas cartas de amor que aquel otro proscrito que fue José Mazzini escribió a Judit Sidoli[34]. Un proscrito italiano, Alcestes de Ambris[35], me las ha prestado; no sabe bien el servicio que con ello me ha rendido. En una de esas cartas, de octubre de 1834, Mazzini, respondiendo a su Judit que le pedía que escribiese una novela, le decía: «Me es imposible escribirla. Sabes muy bien que no podría separarme de ti, y ponerte en un cuadro sin que se revelara mi amor... Y desde el momento en que pongo mi amor cerca de ti, la novela desaparece.» Yo también he puesto a mi Concha, a la madre de mis hijos, que es el símbolo vivo de mi España, de mis ensueños y de mi porvenir, porque es en esos hijos en quienes he de eternizarme, yo también la he puesto expresamente en uno de mis últimos sonetos y tácitamente en todos. Y me he puesto en ellos. Y además, lo repito, ¿no son, en rigor, todas las novelas que nacen vivas, autobiográficas y no es por esto por lo que se eternizan? Y que no choque mi expresión de nacer vivas, porque: a) se nace y se muere vivo, b) se nace y se muere muerto, c) se nace vivo para morir muerto y d) se nace muerto para morir vivo.

---

[33] Ya en el sexto capítulo de *La agonía del cristianismo*, redactado en París, entre octubre y diciembre de 1924, aludía Unamuno a la gran impresión que le causó la lectura de esta novela de Balzac.

[34] Giuseppe Mazzini (1805-1872), uno de los más destacados representantes del *Risorgimento* italiano, fue recluido en 1830 en la fortaleza de Savona, por su activismo a favor de la independencia de Italia. Se enamoró de Giuditta Sidoli (1804-1871), viuda de Giovani Sidoli, activista también en la lucha por la independencia italiana, y a la que dirigió numerosas cartas, recogidas después en el volumen dedicado a su *Epistolario*, de sus *Scritti editi ed inediti*.

[35] Alcestes de Ambris (1874-1934), socialista italiano desterrado desde 1922 por su oposición al fascismo.

Sí, toda novela, toda obra de ficción, todo poema, cuando es vivo, es autobiográfico. Todo ser de ficción, todo personaje poético que crea un autor hace parte del autor mismo. Y si este pone en su poema un hombre de carne y hueso a quien ha conocido, es después de haberlo hecho suyo, parte de sí mismo. Los grandes historiadores son también autobiógrafos. Los tiranos que ha descrito Tácito son él mismo[36]. Por el amor y la admiración que les ha consagrado —se admira y hasta se quiere aquello a que se execra y que se combate... ¡Ah, cómo quiso Sarmiento al tirano Rosas![37]— se los ha apropiado, se los ha hecho él mismo. Mentira la supuesta impersonalidad u objetividad de Flaubert. Todos los personajes poéticos de Flaubert son Flaubert y más que ningún otro Emma Bovary[38]. Hasta Mr. Homais[39], que es Flaubert, y si Flaubert se burla de Mr. Homais es para burlarse de sí mismo, por compasión, es decir, por amor de sí mismo. ¡Pobre Bouvard! ¡Pobre Pécuchet![40].

Todas las criaturas son su creador. Y jamás se ha sentido Dios más creador, más padre, que cuando se murió en Cristo, cuando en Él, en su Hijo, gustó la muerte.

He dicho que nosotros, los autores, los poetas, nos ponemos, nos creamos en todos los personajes poéticos que creamos, hasta cuando hacemos historia, cuando poetizamos, cuando creamos personas de que pensamos que existen en carne y hueso fuera de nosotros. ¿Es que mi Alfonso XIII de Borbón y Habsburgo-Lorena, mi Primo de Rivera, mi Martínez Anido, mi conde de Romanones, no son otras tantas

---

[36] Se refiere al hecho de que Publio Cornelio Tácito (55-120) escribiera en sus *Anales* la historia de los emperadores de Roma, desde Augusto hasta Nerón, atribuyéndoles discursos ficticios de su propia composición.

[37] Sarmiento (1811-1888) atacó con dureza al caciquismo y la tiranía de Rosas, lo que le valió el exilio en varias ocasiones. Véase el artículo de Unamuno dedicado a «Domingo Faustino Sarmiento» (1905), recogido en *Obras completas, op. cit.*, vol. VIII, págs. 367-372.

[38] Se alude aquí a la famosa afirmación de Flaubert: «Madame Bovary c'est moi».

[39] Personaje de la novela *Madame Bovary*, de Gustave Flaubert.

[40] Son los protagonistas de la novela *Bouvard et Pécuchet* (1881), de Gustave Flaubert.

creaciones mías, partes de mí, tan mías como mi Augusto Pérez, mi Pachico Zabalbide, mi Alejandro Gómez y todas las demás criaturas de mis novelas?[41]. Todos los que vivimos principalmente de la lectura y en la lectura, no podemos separar de los personajes poéticos o novelescos a los históricos. Don Quijote es para nosotros tan real y efectivo como Cervantes o más bien éste tanto como aquél. Todo es para nosotros libro, lectura; podemos hablar del Libro de la Historia, del Libro de la Naturaleza, del Libro del Universo. Somos bíblicos. Y podemos decir que en el principio fue el Libro. O la Historia. Porque la Historia comienza con el Libro y no con la Palabra, y antes de la Historia, del Libro, no había conciencia, no había espejo, no había nada. La prehistoria es la inconciencia, es la nada.

[Dice el Génesis que Dios creó el Hombre a su imagen y semejanza. Es decir, que le creó espejo para verse en él, para conocerse, para crearse.]

Mazzini es hoy para mí como Don Quijote; ni más ni menos. No existe menos que éste y, por lo tanto, no ha existido menos que él.

¡Vivir en la historia y vivir la historia! Y un modo de vivir la historia es contarla, crearla en libros. Tal historiador, poeta por su manera de contar, de crear, de inventar un suceso que los hombres creían que se había verificado objetivamente, fuera de sus conciencias, es decir, en la nada, ha provocado otros sucesos. Bien dicho está que ganar una batalla es hacer creer a los propios y a los ajenos, a los amigos y a los enemigos, que se la ha ganado. Hay una leyenda de la realidad que es la sustancia, la íntima realidad de la realidad misma[42]. La

---

[41] Se trata de los personajes de las obras de Unamuno *Niebla* (1914), *Paz en la guerra* (1895) y *Nada menos que todo un hombre* (1920), respectivamente. Una afirmación muy similar a esta fue expuesta por Unamuno en el prólogo a la tercera edición de *Niebla*.

[42] Este fragmento es comentado por La Rubia Prado, quien ve aquí la adhesión de Unamuno al principio de que la historia es representación metafórica, poesía. Afirma asimismo que Unamuno en este asunto da un paso más allá al sostener: «el carácter fictivo de la realidad empírica como ficción afirmando que *Vorstellung* o la imaginación poética, que es siempre interna, "crea" por medio de la representación

esencia de un individuo y la de un pueblo es su historia, y la historia es lo que se llama la filosofía de la historia, es la reflexión que cada individuo o cada pueblo hacen de lo que les sucede, de lo que se sucede en ellos. Con sucesos, sucedidos, se constituyen hechos, ideas hechas carne. Pero como lo que me propongo al presente es contar cómo se hace una novela y no filosofar o historiar, no debo distraerme ya más y dejo para otra ocasión el explicar la diferencia que va de suceso a hecho, de lo que sucede y pasa a lo que se hace y queda.

Se ha dicho de Lenin que en agosto de 1917, un poco antes de apoderarse del poder, dejó inacabado un folleto, muy mal escrito, sobre la *Revolución y el Estado*, porque creyó más útil y más oportuno experimentar la revolución que escribir sobre ella. Pero ¿es que escribir de la revolución no es también hacer experiencias con ella? ¿Es que Carlos Marx no ha hecho la revolución rusa tanto si es que no más que Lenin? ¿Es que Rousseau no ha hecho la Revolución Francesa tanto como Mirabeau, Danton y Cía.? Son cosas que se han dicho miles de veces, pero hay que repetirlas otros millares para que continúen viviendo, ya que la conservación del universo es, según los teólogos, una creación continua.

[«Cuando Lenin resuelve un gran problema» —ha dicho Radek[43]— «no piensa en abstractas categorías históricas, no cavila sobre la renta de la tierra o la plusvalía ni sobre el absolutismo o el liberalismo; piensa en los hombres vivos, en el aldeano Ssidor de Twer, en el obrero de las fábricas Putiloff o en el policía de la calle, y procura representarse cómo las decisiones que se tomen obrarán sobre el aldeano Ssidor o sobre el obrero Onufri». Lo que no quiere decir otra cosa sino que Lenin ha sido un historiador, un novelista, un poeta y no un sociólogo o un ideólogo, un estadista y no un mero político.]

---

que "cuenta" la realidad creada por la imaginación. De ahí que en Unamuno, el problema de la representación alcance su máxima radicalidad dentro de la línea del pensamiento sobre este problema que los románticos alemanes e ingleses inauguran» (La Rubia Prado, *op. cit.*, págs. 29-30).

[43] Karl Radek (1885-1939) fue miembro del Comité Central del Partido Comunista de la Unión Soviética y activista de la Revolución de Octubre.

Vivir en la historia y vivir la historia, hacerme en la historia, en mi España, y hacer mi historia, mi España, y con ella mi universo y mi eternidad, tal ha sido y sigue siempre siendo la trágica cuita de mi destierro. La historia es leyenda, ya lo consabemos —es consabido—, y esta leyenda, esta historia me devora y cuando ella acabe me acabaré yo con ella. Lo que es una tragedia más terrible que aquella de aquel trágico Valentín de *La piel de zapa*. Y no sólo mi tragedia, sino la de todos los que viven en la historia, por ella y de ella, la de todos los ciudadanos, es decir, de todos los hombres —animales políticos o civiles, que diría Aristóteles[44]—, la de todos los que escribimos, la de todos los que leemos, la de todos los que lean esto. Y aquí estalla la universalidad, la omnipersonalidad y la todopersonalidad —*omnis* no es *totus*—, no la impersonalidad de este relato. Que no es un ejemplo de *ego-ismo,* sino de *nos-ismo*.

¡Mi leyenda!, ¡mi novela! Es decir, la leyenda, la novela de mí, Miguel de Unamuno, al que llamamos así, hemos hecho conjuntamente los otros y yo, mis amigos y mis enemigos, y mi yo amigo y mi yo enemigo. Y he aquí por qué no puedo mirarme un rato al espejo, porque al punto se me van los ojos tras de mis ojos, tras su retrato, y desde que miro a mi mirada me siento vaciarme de mí mismo, perder mi historia, mi leyenda, mi novela, volver a la inconciencia, al pasado, a la nada. ¡Como si el porvenir no fuese también nada! Y, sin embargo, el porvenir es nuestro todo.

¡Mi novela!, ¡mi leyenda! El Unamuno de mi leyenda, de mi novela, el que hemos hecho juntos mi yo amigo y mi yo enemigo y los demás, mis amigos y mis enemigos, este Unamuno me da vida y muerte, me crea y me destruye, me sostiene y me ahoga. Es mi agonía. ¿Seré como me creo o como se me cree? Y he aquí cómo estas líneas se convierten en una confesión ante mi yo desconocido e inconocible; desconocido e inconocible para mí mismo. He aquí que hago la leyenda en que he de enterrarme. Pero voy al caso de mi novela.

---

[44] *Política*, I, 1253a: «El hombre es por naturaleza un animal político.»

***

Porque había imaginado, hace ya unos meses, hacer una novela en la que quería poner la más íntima experiencia de mi destierro, crearme, eternizarme bajo los rasgos de desterrado y de proscrito. Y ahora pienso que la mejor manera de hacer esa novela es contar cómo hay que hacerla. Es la novela de la novela, la creación de la creación. O Dios de Dios, *Deus de Deo*.

Habría que inventar, primero, un personaje central que sería, naturalmente, yo mismo. Y a este personaje se empezaría por darle un nombre. Le llamaría U. Jugo de la Raza; U. es la inicial de mi apellido; Jugo el primero de mi abuelo materno y el del viejo caserío de Galdácano, en Vizcaya, de donde procedía; Larraza es el nombre, vasco también —como Larra, Larrea, Larrazabal, Larramendi, Larraburu, Larraga, Larreta... y tantos más—, de mi abuela paterna[45]. Lo escribo la Raza para hacer un juego de palabras —¡gusto conceptista!—, aunque Larraza signifique pasto. Y Jugo no sé bien qué, pero no lo que en español *jugo*.

U. Jugo de la Raza se aburre de una manera soberana —y ¡qué aburrimiento el de un soberano!— porque no vive ya más que en sí mismo, en el pobre yo de bajo la historia, en el hombre triste que no se ha hecho novela. Y por eso le gustan las novelas. Le gustan y las busca para vivir en otro, para ser otro, para eternizarse en otro. Es por lo menos lo que él cree, pero en realidad busca las novelas a fin de descubrirse, a fin de vivir en sí, de ser él mismo. O más bien a fin de escapar de su yo desconocido e inconocible hasta para sí mismo.

[Cuando escribí eso del aburrimiento soberano, lo mismo que las otras veces —son varias— en que lo he escrito, pensaba en nuestro pobre rey Don Alfonso XIII de Borbón y Habsburgo-Lorena, de quien siempre he creído que se abu-

---

[45] Advierte Ródenas: «Siendo hijo de sus abuelos, Jugo de la Raza cobra la simbólica condición de padre de Unamuno, lo que es coherente con la idea unamuniana de que las criaturas literarias acaban siendo más perdurables que su creador y, por consiguiente, acaban engendrando, dando forma (creando) a su creador en la memoria de los lectores futuros» *(op. cit.,* pág. LIX).

rre soberanamente, que nació aburrido —¡herencia de siglos dinásticos!— y que todos sus ensueños imperiales —el último y más terrible el de la cruzada de Marruecos— son para llenar el vacío que es el aburrimiento, la trágica soledad del trono. Es como su manía de la velocidad y su horror a lo que llama pesimismo. ¿Qué vida íntima, profunda, de súbdito de Dios, tendrá ese pobre lirio de milenario tiesto?]

U. Jugo de la Raza, errando por las orillas del Sena, a lo largo de los muelles, entre los puestos de librería de viejo, da con una novela que apenas ha comenzado a leerla antes de comprarla, le gana enormemente, le saca de sí, le introduce en el personaje de la novela —la novela de una confesión autobiográfico-romántica—, le identifica con aquel otro, le da una historia, en fin. El mundo grosero de la realidad del siglo desaparece a sus ojos. Cuando por un instante, separándolos de las páginas del libro, los fija en las aguas del Sena, paréceles que esas aguas no corren, que son las de un espejo inmóvil y aparta de ellas sus ojos horrorizados[46] y los vuelve a las páginas del libro, de la novela, para encontrarse en ellas, para en ellas vivir. Y he aquí que da con un pasaje, pasaje eterno, en que lee estas palabras proféticas: «Cuando el lector llegue al fin de esta dolorosa historia se morirá conmigo.»

Entonces, Jugo de la Raza sintió que las letras del libro se le borraban de ante los ojos, como si se aniquilaran en las aguas del Sena, como si él mismo se aniquilara; sintió ardor en la nuca y frío en todo el cuerpo, le temblaron las piernas y aparecióse en el espíritu el espectro de la angina de pecho de que había estado obsesionado años antes. El libro le tembló en las manos, tuvo que apoyarse en el cajón del muelle y al cabo, dejando el volumen en el sitio de donde lo

---

[46] En su biografía sobre Unamuno, relata Salcedo que durante su estancia en París, coincidía en la tertulia del café La Rotonde con Mr. Crawford, su traductor al inglés. Muchos días regresaban juntos a casa dando un paseo, y Unamuno descubrió que el inglés escondía una secreta superstición que le obligaba a no atravesar el río. A Unamuno le divertía esa obsesión y arrastraba a su amigo hasta los muelles del Sena para obligarle a cruzarlo sin conseguirlo nunca (Salcedo, *op. cit.*, págs. 274-275). Es posible que esta anécdota inspirase la obsesión y el temor que el Sena le producía también a U. Jugo de la Raza.

tomó, se alejó, a lo largo del río, hacia su casa. Había sentido sobre su frente el soplo del aletazo del Ángel de la Muerte. Llegó a casa, a la casa de pasaje, tendiose sobre la cama, se desvaneció, creyó morir y sufrió la más íntima congoja.

«No, no tocaré más ese libro, no leeré en él, no lo compraré para terminarlo —se decía—. Sería mi muerte. Es una tontería, lo sé; fue un capricho macabro del autor el meter allí aquellas palabras, pero estuvieron a punto de matarme. Es más fuerte que yo. Y cuando para volver acá he atravesado el puente de Alma —¡el puente del alma!— he sentido ganas de arrojarme al Sena, al espejo. He tenido que agarrarme al parapeto. Y me he acordado de otras tentaciones parecidas, ahora ya viejas, y de aquella fantasía del suicida de nacimiento que imaginé que vivió cerca de ochenta años queriendo siempre suicidarse y matándose por el pensamiento día a día. ¿Es esto vida? No; no leeré más de ese libro... ni de ningún otro; no me pasearé por las orillas del Sena donde se venden libros.»

Pero el pobre Jugo de la Raza no podía vivir sin el libro, sin aquel libro; su vida, su existencia íntima, su realidad, su verdadera realidad estaba ya definitiva e irrevocablemente unida a la del personaje de la novela. Si continuaba leyéndolo, viviéndolo, corría riesgo de morirse cuando se muriese el personaje novelesco; pero si no lo leía ya, si no vivía ya más el libro, ¿viviría? Y tras esto volvió a pasearse por las orillas del Sena, pasó una vez más ante el mismo puesto de libros, lanzó una mirada de inmenso amor y de horror inmenso al volumen fatídico, después contempló las aguas del Sena y... ¡venció! ¿O fue vencido? Pasó sin abrir el libro y diciéndose: «¿Cómo seguirá esa historia?, ¿cómo acabará?» Pero estaba convencido de que un día no sabría resistir y de que le sería menester tomar el libro y proseguir la lectura aunque tuviese que morirse al acabarla.

Así es cómo se desarrollaría la novela de mi Jugo de la Raza, mi novela de Jugo de la Raza. Y entre tanto yo, Miguel de Unamuno, novelesco también, apenas si escribía, apenas si obraba por miedo a ser devorado por mis actos. De tiempo en tiempo escribía cartas políticas contra Don Alfonso XIII y contra los tiranuelos pretorianos de mi pobre patria, pero estas cartas que hacían historia en mi España me devoraban. Y allá, en mi España, mis amigos y mis enemigos decían que no soy un político, que no tengo temperamento de tal, y menos todavía de revolucionario, que debería consagrarme a escribir poemas y novelas y dejarme de políticas. ¡Como si hacer política fuese otra cosa que escribir poemas y como si escribir poemas no fuese otra manera de hacer política!

Pero lo más terrible es que no escribía gran cosa, que me hundía en una congojosa inacción de expectativa, pensando en lo que haría o diría o escribiría si sucediera esto o lo otro, soñando el porvenir, lo que equivale, lo tengo dicho, a deshacerlo. Y leía los libros que me caían al azar a las manos, sin plan ni concierto, para satisfacer ese terrible vicio de la lectura, el vicio impune de que habla Valéry Larbaud[47]. Impune. ¡Vamos! ¡Y qué sabroso castigo! El vicio de la lectura lleva el castigo de muerte continua.

La mayor parte de mis proyectos —y entre ellos el de escribir esto que estoy escribiendo sobre la manera cómo se hace una novela— quedaban en suspenso. Había publicado mis sonetos aquí, en París, y en España se había publicado mi *Teresa*[48], escrita antes de que estallara el infamante golpe de Estado del 13 de septiembre de 1923, antes de que hubiese comenzado mi historia del destierro, la historia de mi destierro. Y he aquí que me era preciso vivir en el otro sentido, ¡ganarme mi vida escribiendo! Y aun así... *Crítica*, el bravo diario de Buenos Aires, me había pedido una colaboración bien remunerada; no tengo dinero de sobra, sobre todo viviendo lejos de los míos, pero no lograba poner pluma en papel. Tenía y sigo teniendo en suspenso mi colaboración a *Caras y caretas*, semanario de Buenos Aires. En Es-

---

[47] El escritor francés Valéry Larbaud (1881-1957) es autor de un libro sobre las letras inglesas, en cuyo título aparece precisamente la afirmación que le atribuye Unamuno: *Ce vice impuni, la lecture. Domaine anglais*, París, Albert Messein, 1925.

[48] *Teresa. Rimas de amor de un poeta desconocido, presentadas y presentado por Miguel de Unamuno*, Madrid, Renacimiento, 1924.

paña no quería ni quiero escribir en periódico alguno ni en revistas; me rehúso a la humillación de la censura militar. No puedo sufrir que mis escritos sean censurados por soldadotes analfabetos a los que degrada y envilece la disciplina castrense y que nada odian más que la inteligencia. Sé que después de haberme dejado pasar algunos juicios de veras duros y hasta, desde su punto de vista, delictivos, me tacharían una palabra inocente, una nonada para hacerme sentir su poder. ¿Una censura de ordenanza? ¡Jamás![49].

[Después que he venido de París a Hendaya he adquirido nuevas noticias sobre la incurable necedad de la censura al servicio de la insondable tontería de Primo de Rivera y del miedo cerval a la verdad del desgraciado vesánico Martínez Anido. Con las cosas de la censura cabría escribir un libro que sería de gran regocijo si no fuese de congojoso bochorno. Lo que, sobre todo, temen más es la ironía, la sonrisa irónica, que les parece desdeñosa. «¡De nosotros no se ríe nadie!» —dicen—. Y quiero contar un caso. Que fue que servía en cierto regimiento un mozo despierto y sagaz, avisado e irónico, de carrera civil y liberal, y de los que llamamos de cuota. El capitán de su compañía le temía y le repugnaba, procurando no producirse delante de él, pero una vez se vio llevado a soltar una de esas arengas patrióticas de ordenanza delante de él y de los demás soldados. El pobre capitán no podía apartar sus ojos de los ojos y de la boca del despierto mozo, espiando su gesto, ni ello le dejaba acertar con los lugares comunes de su arenga, hasta que al cabo, azarado y azorado, ya no dueño de sí, se dirigió al soldado diciéndole: «Qué, ¿se sonríe usted?», y el mozo: «No, mi capitán, no me sonrío», y entonces el otro: «Sí, ¡por dentro!»[50]. Y en nuestra España todos los pobres cainitas, madera de cuadrilleros o de corchetes del Santo

---

[49] Sobre este tema, *vid.* M. María Urrutia, «Miguel de Unamuno en Hendaya. Los artículos de Augusto Pérez (A propósito de unos artículos no recogidos de Unamuno)», *Letras de Deusto*, vol. 27, núm. 77 (octubre-diciembre de 1997), págs. 195-196.

[50] *Vid.* el artículo de Unamuno «Morirse de risa» (1924), recogido en *Artículos en «La Nación» de Buenos Aires (1919-1924)* (ed. de L. Urrutia Salaverri), Salamanca, Universidad de Salamanca, 1994, pág. 184.

Oficio de la Inquisición, almas uniformadas, cuando se cruzan con uno de esos a quienes motejan de intelectuales creen leer en sus ojos y en su boca una contenida sonrisa de desdén, creen que el otro se sonríe de ellos por dentro. Y esta es la peor tragedia. Y a esa chusma es a la que ha azuzado la tiranía.

Como aquí también, en la frontera, he podido enterarme de la perversión radical de la policía y de lo que es este instituto de pinches de verdugos. Pero no quiero quemarme más la sangre escribiendo de ello y vuelvo al viejo relato.]

Volvamos, pues, a la novela de Jugo de la Raza, a la novela de su lectura de la novela. Lo que habría de seguir era que un día el pobre Jugo de la Raza no pudo ya resistir más, fue vencido por la historia, es decir, por la vida, o mejor, por la muerte. Al pasar junto al puesto de libros, en los muelles del Sena, compró el libro, se lo metió al bolsillo y se puso a correr, a lo largo del río, hacia su casa, llevándose el libro como se lleva una cosa robada con miedo de que se la vuelvan a uno a robar. Iba tan de prisa que se le cortaba el aliento, le faltaba huelgo y veía reaparecer el viejo y ya casi extinguido espectro de la angina de pecho. Tuvo que detenerse y entonces, mirando a todos lados, a los que pasaban y mirando sobre todo a las aguas del Sena, el espejo fluido, abrió el libro y leyó algunas líneas. Pero volvió a cerrarlo al punto. Volvía a encontrar lo que, años antes, había llamado la disnea cerebral, acaso la enfermedad X de Mac Kenzie[51], y hasta creía sentir un cosquilleo fatídico a lo largo del brazo izquierdo y entre los dedos de la mano. En otros momentos se decía: «En llegando a aquel árbol me caeré muerto», y después que lo había pasado, una vocecita, desde el fondo del corazón, le decía: «Acaso estás realmente muerto...» Y así llegó a casa.

Llegó a casa, comió tratando de prolongar la comida —prolongarla con prisa—, subió a su alcoba, se desnudó y se acostó como para dormir, como para morir. El corazón le

---

[51] El médico escocés Sir James Mackenzie (1853-1925) fue especialista en enfermedades de corazón y autor de obras sobre el tema, como *Diseases of the Heart* (1908). Al parecer, Unamuno tradujo cuando era joven uno de sus tratados para el doctor Agustín Cañizo.

latía a rebato. Tendido en la cama, recitó primero un padrenuestro y luego un avemaría, deteniéndose en: «Hágase tu voluntad así en la tierra como en el cielo» y en «Santa María, madre de Dios, ruega por nosotros pecadores ahora y en la hora de nuestra muerte». Lo repitió tres veces, se santiguó y esperó, antes de abrir el libro, a que el corazón se le apaciguara. Sentía que el tiempo le devoraba, que el porvenir de aquella ficción novelesca le tragaba. El porvenir de aquella criatura de ficción con que se había identificado; sentíase hundirse en sí mismo.

Un poco calmado abrió el libro y reanudó su lectura. Se olvidó de sí mismo por completo y entonces sí que pudo decir que se había muerto. Soñaba al otro, o más bien el otro era un sueño que se soñaba en él, una criatura de su soledad infinita. Al fin se despertó con una terrible punzada en el corazón. El personaje del libro acababa de volver a decirle: «Debo repetir a mi lector que se morirá conmigo.» Y esta vez el efecto fue espantoso. El trágico lector perdió conocimiento en su lecho de agonía espiritual; dejó de soñar al otro y dejó de soñarse a sí mismo. Y cuando volvió en sí, arrojó el libro, apagó la luz y procuró, después de haberse santiguado de nuevo, dormirse, dejar de soñarse. ¡Imposible! De tiempo en tiempo tenía que levantarse a beber agua; se le ocurrió que bebía el Sena, el espejo. «¿Estaré loco? —se decía—, pero no, porque cuando alguien se pregunta si está loco es que no lo está. Y, sin embargo...» Levantose, prendió fuego en la chimenea y quemó el libro, volviendo en seguida a acostarse. Y consiguió al cabo dormirse.

El pasaje que había pensado para mi novela, en el caso de que la hubiera escrito, y en el que habría de mostrar al héroe quemando el libro, me recuerda lo que acabo de leer en la carta que Mazzini, el gran soñador, escribió desde Grenchen a su Judit el 1.º de mayo de 1835: «Si bajo a mi corazón encuentro allí cenizas y un hogar apagado. El volcán ha cumplido su incendio y no quedan de él más que el calor y la lava que se agitan en su superficie, y cuando todo se haya helado y las cosas se hayan cumplido, no quedará ya nada —un recuerdo indefinible como de algo que hubiera podido ser y no ha sido—, el recuerdo de los medios que deberían haberse empleado para la dicha y que se quedaron perdidos en la inercia de los deseos titánicos rechazados desde el interior sin haber podido tampoco haberse derramado hacia fuera, que han minado el alma de esperanzas, de ansiedades, de votos sin fruto... y después nada.» Mazzini era un desterrado, un desterrado de la eternidad. [Como lo fue antes de él el Dante, el gran proscrito —y el gran desdeñoso[52]; proscritos y desdeñosos también Moisés y San Pablo— y después de él Víctor Hugo. Y todos ellos, Moisés, San Pablo, el Dante, Mazzini, Víctor Hugo y tantos más aprendieron en la proscripción de su patria, o buscándola por el desierto, lo que es el destierro de la eternidad. Y fue desde el destierro de su Florencia desde donde pudo ver el Dante cómo Italia estaba sierva y era hostería del dolor.

Ai serva Italia, di dolore ostello[53].]

En cuanto a la idea de hacer decir a mi lector de la novela, a mi Jugo de la Raza: «¿Estaré loco?», debo confesar que la mayor confianza que pueda tener en mi sano juicio me ha sido dada en los momentos en que observando lo que hacen los otros y lo que no hacen, escuchando lo que dicen y lo que callan, me ha surgido esta fugitiva sospecha de si estaré loco.

Estar loco se dice que es haber perdido la razón. La razón, pero no la verdad, porque hay locos que dicen las verdades que los demás callan por no ser ni racional ni razonable decirlas, y por eso se dice que están locos. ¿Y qué es la razón? La razón es aquello en que estamos todos de acuerdo, todos o por lo menos la mayoría. La verdad es otra cosa, la razón es social; la verdad, de ordinario, es completamente individual, personal e incomunicable. La razón nos une y las verdades nos separan.

---

[52] *Vid.* el ensayo de Unamuno, «Algo sobre la desdeñosidad» (1917), donde ya aludía al desdén que Dante Alighieri (1265-1321), desterrado de Florencia en enero de 1302, había mostrado hacia Filippo Argenti.
[53] *Purgatorio*, VI, v. 76: «¡Ay, sierva Italia, asilo eres del duelo»

[Mas ahora caigo en la cuenta de que acaso es la verdad la que nos une y son las razones las que nos separan. Y de que toda esa turbia filosofía sobre la razón, la verdad y la locura obedecía a un estado de ánimo de que en momentos de mayor serenidad de espíritu me curo. Y aquí, en la frontera, a la vista de las montañas de mi tierra nativa, aunque mi pelea se ha exacerbado, se me ha serenado en el fondo el espíritu. Y ni un momento se me ocurre que esté loco. Porque si acometo, a riesgo tal vez de vida, a molinos de viento como si fuesen gigantes, es a sabiendas de que son molinos de viento. Pero como los demás, los que se tienen por cuerdos, los creen gigantes, hay que desengañarles de ello.]

A las veces, en los instantes en que me creo criatura de ficción y hago mi novela, en que me represento a mí mismo, delante de mí mismo, me ha ocurrido soñar o bien que casi todos los demás, sobre todo en mi España, están locos, o bien que yo lo estoy y puesto que no pueden estarlo todos los demás que lo estoy yo. Y oyendo los juicios que emiten sobre mis dichos, mis escritos y mis actos, pienso: «¿No será acaso que pronuncio otras palabras que las que me oigo pronunciar o que se me oye pronunciar otras que las que pronuncio?» Y no dejo entonces de acordarme de la figura de Don Quijote.

[Después de esto me ha ocurrido aquí, en Hendaya, encontrar con un pobre diablo que se me acercó a saludarme, y que me dijo que en España se me tenía por loco. Resultó después que era policía, y él mismo me lo confesó, y que estaba borracho. Que no es precisamente estar loco. Porque Primo de Rivera no se vuelve loco cuando se pone borracho, que es a cada trance, sino que se le exacerba la *tonteritis*, o sea, la inflamación —cotéjese *apendicitis, faringitis, laringitis, otitis, enteritis, flebitis,* etc.— de su tontería congénita y constitucional. Ni su pronunciamiento tuvo nada de quijotesco, nada de locura sagrada. Fue una especulación cazurra acompañada de un manifiesto soez.]

Aquí debo repetir algo que creo haber dicho a propósito de Nuestro Señor Don Quijote, y es preguntar cuál habría sido su castigo si en vez de morir recobrada la razón, la de todo el mundo, perdiendo así su verdad, la suya, si en vez de morir como era necesario habría vivido algunos años más todavía. Y habría sido que todos los locos que había entonces en España —y debió haber habido muchos, porque acababa de traerse del Perú la enfermedad terrible— habrían acudido a él, solicitando su ayuda, y al ver que se la rehusaba, le habrían abrumado de ultrajes y tratado de farsante, de traidor y de renegado. Porque hay una turba de locos que padecen de manía persecutoria, la que se convierte en manía perseguidora, y estos locos se ponen a perseguir a Don Quijote cuando éste no se presta a perseguir a sus supuestos perseguidores. Pero ¿qué es lo que habré hecho yo, Don Quijote mío, para haber llegado a ser así el imán de los locos que se creen perseguidos? ¿Por qué se acorren a mí? ¿Por qué me cubren de alabanzas si al fin han de cubrirme de injurias?

[A este mismo mi Don Quijote le ocurrió que después de haber libertado del poder de los cuadrilleros de la Santa Hermandad a los galeotes a quienes les llevaban presos, estos galeotes le apedrearon. Y aunque sepa yo que acaso un día los galeotes han de apedrearme, no por eso cejo en mi empeño de combatir contra el poderío de los cuadrilleros de la actual Santa Hermandad de mi España. No puedo tolerar, y aunque se me tome a locura, el que los verdugos se erijan en jueces y el que el fin de autoridad, que es la justicia, se ahogue con lo que llaman el principio de autoridad, y es el principio del poder, o sea, lo que llaman el orden. Ni puedo tolerar que una cuitada y menguada burguesía por miedo pánico —irreflexivo— al incendio comunista —pesadilla de locos de miedo— entregue su casa y su hacienda a los bomberos que se las destrozan más aún que el incendio mismo. Cuando no ocurre lo que ahora en España y es que son los bomberos los que provocan los incendios para vivir de extinguirlos. Pues es sabido que si los asesinatos en las calles han casi cesado —los que ocurren se celan— desde la tiranía pretoriana y policíaca, es porque los asesinos están a sueldo del Ministerio de la Gobernación y empleados en él. Tal es el régimen policíaco.]

Volvamos una vez más a la novela de Jugo de la Raza, a la novela de su lectura de la novela, a la novela del lector [del lector actor, del lector para quien leer es vivir lo que lee]. Cuando se despertó a la mañana siguiente, en su lecho de agonía espiritual, encontrose encalmado, se levantó y contempló un momento las cenizas del libro fatídico de su vida. Y aquellas cenizas le parecieron, como las aguas del Sena, un nuevo espejo. Su tormento se renovó: ¿cómo acabaría la historia? Y se fue a los muelles del Sena a buscar otro ejemplar sabiendo que no lo encontraría, y por qué no había de encontrarlo. Y sufrió de no poder encontrarlo; sufrió a muerte. Decidió emprender un viaje por esos mundos de Dios; acaso Éste le olvidara, le dejara su historia. Y por el momento se fue al Louvre, a contemplar la Venus de Milo, a fin de librarse de aquella obsesión, pero la Venus de Milo le pareció, como el Sena y como las cenizas del libro que había quemado, otro espejo. Decidió partir, irse a contemplar las montañas y la mar, y cosas estáticas y arquitectónicas. Y en tanto se decía: «¿Cómo acabará esa historia?»

Es algo de lo que me decía, cuando imaginaba ese pasaje de mi novela: «¿Cómo acabará esta historia del Directorio y cuál será la suerte de la Monarquía española y de España?» Y devoraba —como sigo devorándolos— los periódicos, y aguardaba cartas de España. Y escribía aquellos versos del soneto LXXVIII de mi *De Fuerteventura a París*:

> Que es la Revolución una comedia
> que el Señor ha inventado contra el tedio.

Porque ¿no está hecha de tedio la congoja de la historia? Y al mismo tiempo tenía el disgusto de mis compatriotas.

Me doy perfecta cuenta de los sentimientos que Mazzini expresaba en una carta desde Berna, dirigida a su Judit, del 2 de marzo de 1835: «Aplastaría con mi desprecio y mi mentís, si me dejara llevar de mi inclinación personal, a los hombres que hablan mi lengua, pero aplastaría con mi indignación y mi venganza al extranjero que se permitiese, delante de mí, adivinarlo.» Concibo del todo su «rabioso despecho» contra los hombres, y sobre todo contra sus compatriotas, contra los que le comprendían y le juzgaban tan mal. ¡Qué grande era la verdad de aquella «alma desdeñosa», melliza de la del Dante, el otro gran proscrito, el otro gran desdeñoso!

No hay medio de adivinar, de vaticinar mejor, cómo acabará todo aquello, allá en mi España; nadie cree en lo que dice ser lo suyo; los socialistas no creen en el socialismo, ni en la lucha de clases, ni en la ley férrea del salario y otros simbolismos marxistas; los comunistas no creen en la comunidad [y menos en la comunión]; los conservadores en la conservación; ni los anarquistas en la anarquía; los pretorianos no creen en la dictadura... ¡Pueblo de pordioseros! ¿Y cree alguien en sí mismo? ¿Es que creo en mí mismo? «¡El pueblo calla!». Así acaba la tragedia *Boris Godunoff,* de Puschkin. Es que el pueblo no cree en sí mismo. ¡Y Dios se calla! He aquí el fondo de la tragedia universal: Dios se calla. Y se calla porque es ateo[54].

Volvamos a la novela de mi Jugo de la Raza, de mi lector, a la novela de su lectura, de mi novela.

Pensaba hacerle emprender un viaje fuera de París, a la rebusca del olvido de la historia; habría andado errante, perseguido por las cenizas del libro que había quemado y deteniéndose para mirar las aguas de los ríos y hasta las de la mar. Pensaba hacerle pasearse, transido de angustia histórica, a lo largo de los canales de Gante y de Brujas, o en Ginebra, a lo largo del lago Leman, y pasar, melancólico, aquel puente de Lucerna que pasé yo, hace treinta y seis años, cuando tenía veinticinco. Habría colocado en mi novela recuerdos de mis viajes, habría hablado de Gante y de Ginebra y de Venecia y de Florencia y... a su llegada a una de esas ciudades mi pobre Jugo de la Raza se habría acercado a un puesto de libros y habría dado con otro ejemplar del libro fatídico, y todo tembloroso lo habría comprado y se lo habría llevado a París proponiéndose continuar la lectura hasta que su curiosidad se satisficiese, hasta que hubiese podido prever el fin sin llegar a él, hasta que hubiese podido decir: «Ahora ya se entrevé cómo va a acabar esto.»

[Cuando en París escribía yo esto, hace ya cerca de dos años, no se me podía ocurrir hacerle pasearse a mi Jugo de la Raza más que por Gante y Ginebra y Lucerna y Venecia y

---

[54] *Vid.* el poema de Unamuno titulado «Ateísmo» (1910), del libro *Rosario de sonetos líricos.*

Florencia... Hoy le haría pasearse por este idílico país vasco francés que a la dulzura de la dulce Francia une el dulcísimo agrete[55] de mi Vasconia. Iría bordeando las plácidas riberas del humilde Nivelle, entre mansas praderas de esmeralda, junto a Ascain, y al pie del Larrún —otro derivado de *larra*, pasto—, iría restregándose la mirada en la verdura apaciguadora del campo nativo, henchida de silenciosa tradición milenaria, y que trae el olvido de la engañosa historia; iría pasando junto a esos viejos caseríos que se miran en las aguas de un río quieto; iría oyendo el silencio de los abismos humanos.

Le haría llegar hasta San Juan Pie de Puerto, de donde fue aquel singular doctor Huarte de San Juan[56], el del *Examen de ingenios*; a San Juan Pie de Puerto, de donde el Nive baja a San Juan de Luz. Y allí, en la vieja pequeña ciudad navarra, en un tiempo española y hoy francesa, sentado en un banco de piedra en Eyalaberri, embozado en la paz ambiente, oiría el rumor eterno del Nive. E iría a verlo cuando pasa bajo el puente que lleva a la iglesia. Y el campo circunstante le hablaría en vascuence, en infantil eusquera, le hablaría infantilmente, en balbuceo de paz y de confianza. Y como se le hubiera descompuesto el reló iría a un relojero que al declarar que no sabía vascuence le diría que son las lenguas y las religiones las que separan a los hombres. Como si Cristo y Buda no hubieran dicho a Dios lo mismo, sólo que en dos lenguas diferentes.

Mi Jugo de la Raza vagaría pensativo por aquella calle de la Ciudadela que desde la iglesia sube al castillo, obra de Vauban[57], y la mayoría de cuyas casas son anteriores a la Revolución, aquellas casas en que han dormido tres siglos. Por aquella calle no pueden subir, gracias a Dios, los autos de los coleccionistas de kilómetros. Y allí, en aquella calle de paz y de retiro, visitaría la *prison des evesques*, la cárcel de los obispos

---

[55] Como señala Ródenas *(op. cit.,* pág. 229, n. 47), pudiera tratarse de una errata, por «agreste».

[56] Juan Huarte de San Juan (1529-1588), médico español, autor del conocido tratado *Examen de ingenios para las ciencias* (1575).

[57] El mariscal de Francia Sébastien le Preste de Vauban (1633-1707) fue comisario general de fortificaciones y autor, entre otras fortalezas, de la ciudadela de San Juan de Luz.

de San Juan, la mazmorra de la Inquisición. Por detrás de ella, las viejas murallas que amparan pequeñas huertecillas enjauladas. Y la vieja cárcel está por detrás, envuelta en hiedra.

Luego mi pobre lector trágico iría a contemplar la cascada que forma el Nive y a sentir cómo aquellas aguas, que no son ni un momento las mismas, hacen como un muro. Y un muro que es un espejo. Y espejo histórico. Y seguiría, río abajo, hacia Uhartlize, deteniéndose ante aquella casa en cuyo dintel se lee:

> Vivons en paix
> Pierre Ezpellet
> et Jeanne Iribar
> ne. Cons. Année 8ᵉ
> 1800

Y pensaría en la vida de paz —¡vivamos en paz!— de Pedro Ezpeleta y Juana Iribarne cuando Napoleón estaba llenando al mundo con el fragor de su historia.

Luego mi Jugo de la Raza, ansioso de beber con los ojos la verdura de las montañas de su patria, se iría hasta el puente de Arnegui, en la frontera entre Francia y España. Por allí, por aquel puente insignificante y pobre, pasó en el segundo día de Carnaval de 1875 el pretendiente don Carlos de Borbón y Este, para los carlistas Carlos VII, al acabarse la anterior guerra civil, la que engendró esta otra que nos han traído los pretorianos de Alfonso XIII, guerra carlista también como fue carlista el pronunciamiento de Primo de Rivera. Y a mí se me arrancó de mi casa para lanzarme al confinamiento de Fuerteventura en el día mismo, 21 de febrero de 1924, en que hacía cincuenta años había oído caer junto a mi casa natal de Bilbao una de las primeras bombas que los carlistas lanzaron sobre mi villa. Y allí, en el humilde puente de Arnegui, podría haberse percatado Jugo de la Raza de que los aldeanos que habitan aquel contorno nada saben ya de Carlos VII, el que pasó diciendo al volver la cara a España: «¡Volveré, volveré!»

Por allí, por aquel mismo puente o por cerca de él, debió de haber pasado el Carlomagno de la leyenda; por allí se va al

Roncesvalles donde resonó la trompa de Rolando[58] —que no era un Orlando furioso[59]—, que hoy calla entre aquellas encañadas de sombra, de silencio y de paz. Y jugo de la Raza uniría en su imaginación, en esa nuestra sagrada imaginación que funde siglos y vastedades de tierra, que hace de los tiempos eternidad y de los campos infinitud, uniría a Carlos VII y a Carlomagno. Y con ellos al pobre Alfonso XIII y al primer Habsburgo de España, a Carlos I el Emperador, V de Alemania, recordando cuando él, Jugo, visitó Yuste y, a falta de otro espejo de aguas, contempló el estanque donde se dice que el emperador, desde un balcón, pescaba tencas. Y entre Carlos VII el Pretendiente y Carlomagno, Alfonso XIII y Carlos I, se le presentaría la pálida sombra enigmática del príncipe don Juan, muerto de tisis en Salamanca antes de haber podido subir al trono, el ex futuro don Juan III, hijo de los Reyes Católicos Fernando e Isabel. Y jugo de la Raza, pensando en todo esto, camino del puente de Arnegui a San Juan Pie de Puerto, se diría: «¿Y cómo va a acabar todo esto?»]

Pero interrumpo esta novela para volver a la otra. Devoro aquí las noticias que me llegan de mi España, sobre todo las concernientes a la campaña de Marruecos, preguntándome si el resultado de ésta me permitirá volver a mi patria, hacer allí mi historia y la suya; ir a morirme allí. Morirme allí y ser enterrado en el desierto...[60].

A todo esto las gentes de aquí me preguntan si es que puedo volver a mi España, si hay alguna ley o disposición del poder público que me impida la vuelta, y me es difícil explicarles, sobre todo a los extranjeros, por qué no puedo ni debo volver mientras haya Directorio, mientras el general Martínez Anido esté en el poder, porque no podría callarme

---

[58] En la *Chanson de Roland*, este hace sonar su olifante en Roncesvalles, para pedir ayuda al ejército carolingio.

[59] Referencia al poema épico burlesco *Orlando furioso* (1532), de Ludovico Ariosto.

[60] Se ha relacionado esta alusión con el entierro de Moisés en el desierto, sin poder entrar en la tierra prometida; paralelismo que, por cierto, relaciona a Unamuno con el personaje bíblico en su misión de guías y conductores de su pueblo (Ródenas, *op. cit.*, pág. 232, n. 54).

ni dejar de acusarles, y si vuelvo a España y acuso y grito en las calles y las plazas la verdad, mi verdad, entonces mi libertad y hasta mi vida estarían en peligro y si las perdiera no harían nada los que se dicen mis amigos y amigos de la libertad y de la vida. Algunos, al explicarles mi situación, se sonríen y dicen: «¡Ah, sí, una cuestión de dignidad!» Y leo bajo su sonrisa que se dicen: «Se cuida de su papel...»

¿Y no tendrán algo de razón? ¿No estaré acaso a punto de sacrificar mi yo íntimo, divino, el que soy en Dios, el que debo ser, al otro, al yo histórico, al que se mueve en su historia y con su historia? ¿Por qué obstinarme en no volver a entrar en España? ¿No estoy en vena de hacerme mi leyenda, la que me entierra, además de la que los otros, amigos y enemigos, me hacen? Es que si no me hago mi leyenda me muero del todo. Y si me la hago, también.

Héteme acaso haciendo mi leyenda, mi novela, y haciendo la de ellos, la del rey, la de Primo de Rivera, la de Martínez Anido, criaturas de mi espíritu, entes de ficción. ¿Es que miento cuando les atribuyo ciertas intenciones y ciertos sentimientos? ¿Existen como les describo? ¿Es que siquiera existen? ¿Existen, sea como fuere, fuera de mí? En tanto que criaturas mías, son criaturas de mi amor aunque se revista de odio. He dicho que Sarmiento admiraba y quería al tirano Rosas; yo no diré que admiro a nuestro rey, pero que le quiero sí, porque es mío, porque le he hecho yo. Le querría fuera de España, pero le quiero. Y acaso quiero a ese mentecato de Primo de Rivera, que se ha arrepentido de lo que hizo conmigo, como en el fondo está arrepentido de lo que hizo con España. Y por el pobre epiléptico Martínez Anido que, en uno de sus ataques, espumarajéandole la boca y todo tembloroso, pedía mi cabeza, siento una compasión que es ternura, porque presumo que nada desea más que mi perdón, sobre todo si sospecha que rezo a diario: «Perdónanos nuestras deudas así como nosotros perdonamos a nuestros deudores.» Pero, ¡ah!, ¡hay el papel! ¡Vuelvo a la escena! ¡A la comedia!

[Y bien, ¡no! Cuando escribí esto me dejé llevar de un momento de desaliento. Yo puedo perdonarles lo que conmigo han hecho, pero lo que han hecho y lo que siguen haciendo con mi pobre patria, de eso no soy yo quien puede perdonarles. Y no se trata de representar un papel. Y en cuanto a que el botarate Primo de Rivera esté ya arrepentido de lo que hizo, puede muy bien ser, pero lo que él llama su honor no le permite confesarlo. Ese terrible honor caballeresco que para siempre quedó expresado en aquella cuarteta de *Las mocedades del Cid*, de Guillén de Castro, en que se dice:

> Procure siempre acertarla
> el honrado y principal,
> pero si la acierta mal
> defenderla y no enmendarla[61].

Lo que no quiere decir ni que Primo de Rivera sea honrado ni principal, ni menos que al pronunciarse en el golpe de Estado procurara acertarlo.]

Judit Sidoli, escribiendo a su José Mazzini, le hablaba de «sentimientos que se convierten en necesidades», de «trabajo por necesidad material de obra, por vanidad», y el gran proscrito se revolvía contra ese juicio. Poco después, en otra carta —de Grenchen, y del 14 de mayo de 1835— le escribía: «Hay horas, horas solemnes, horas que me despiertan sobre diez años, en que *nos veo;* veo la vida; veo mi corazón y el de los otros, pero en seguida... vuelvo a las ilusiones de la poesía.» La poesía de Mazzini era la historia, su historia, la de Italia, que era su madre y su hija.

¡Hipócrita! Porque yo que soy, de profesión, un ganapán helenista —es una cátedra de griego la que el Directorio hizo la comedia de quitarme reservándomela—, sé que hipócrita significa actor. ¿Hipócrita? ¡No! Mi papel es mi verdad y debo vivir mi verdad, que es mi vida.

Ahora hago el papel de proscrito. Hasta el descuidado desaliño de mi persona, hasta mi terquedad en no cambiar de traje, en no hacérmelo nuevo, dependen en parte —con ayuda de cierta inclinación a la avaricia que me ha acompañado siempre y que cuando estoy solo, lejos de mi familia, no halla contrapeso— dependen del papel que represento.

---

[61] Acto primero, vv. 662-665.

Cuando mi mujer vino a verme con mis tres hijas, en febrero de 1924[62], se ocupó en mi ropa blanca, renovó mis vestidos, me proveyó de calcetines nuevos. Ahora están ya todos agujereados, deshechos, acaso para que pueda decirme lo que se dijo Don Quijote, mi Don Quijote, cuando vio que las mallas de sus medias se le habían roto, y fue: «¡Oh, pobreza, pobreza!», con lo que sigue y comenté tan apasionadamente en mi *Vida de Don Quijote y Sancho*[63].

¿Es que represento una comedia, hasta para los míos? ¡Pero no!, es que mi vida y mi verdad son mi papel. Cuando se me desterró sin que se hubiera dicho —y sigo ignorándolo— la causa o siquiera el pretexto de mi destierro, pedí a los míos, a mi familia, que ninguno de ellos me acompañara, que me dejasen partir solo. Tenía necesidad de soledad y además sabía que el verdadero castigo que aquellos tiranuelos cuarteleros me querían infligir era obligarme a gastar mi dinero, castigarme en mis modestos bienes y de mis hijos, sabía que aquel destierro era una manera de confiscación y decidí restringir lo más posible mis gastos y hasta no pagarlos, que es lo que hice. Porque se podía confinarme en una isla desértica, pero no a mis expensas.

---

[62] En su edición, Ródenas *(op. cit.,* pág. 234) sustituye la fecha errónea de 1924 que aparecía en la primera edición de la obra, por la de 1925, cuando efectivamente se produce la visita de su mujer Concha Lizárraga, acompañada de algunas de sus hijas.

[63] *Don Quijote*, II, XLIV. Efectivamente, en su *Vida de Don Quijote y Sancho*, explica Unamuno este episodio: «Encerrose Don Quijote a solas, sin consentir le sirvieran doncellas y, "a la luz de dos velas de cera se desnudó, y al descalzarse, ¡oh desgracia indigna de tal personal, se le soltaron, no suspiros, ni otra cosa que desacreditase la limpieza de su policía, sino hasta dos docenas de puntos de una media, que quedó hecha celosía. Afligiose en extremo el buen señor —añade la historia— [...]" ¡Oh, pobreza, pobreza! —digo yo también—, y ¡cómo ocupas las soledades de los caballeros andantes y de los hombres todos! Por no confesarse pobre se deslustra el héroe, y sus desmayos y aflicciones y tristezas es porque se le deshicieron las medias y no tiene con qué sustituirlas. Le veis triste, le veis abatido, juzgáis que el desaliento le gana o que el caballeresco ánimo se le mengua, y no es sino que piensa en lo mucho que rompen botas sus hijitos. ¡Oh pobreza, pobreza, y cuánto te llevaremos de bracete, con la vista alta y el corazón sereno! El más terrible enemigo del heroísmo es la vergüenza de aparecer pobre» (Madrid, Renacimiento, 1928, págs. 203-204).

Pedí que se me dejara solo, y comprendiéndome y queriéndome de veras —eran los míos al fin y yo de ellos—, dejáronme solo. Y entonces, al final de mi confinamiento en la isla, después que mi hijo mayor hubo venido, con su mujer, a juntársome, presentóseme una dama —a la que acompañaba, para guardarla acaso, su hija— que me había puesto casi fuera de mí con su persecución epistolar. Acaso quería darme a entender que llegaba a hacer conmigo lo que los míos, mi mujer y mis hijos, no habían hecho. Esa dama es mujer de letras, y mi mujer, aunque escriba bien, no lo es. ¿Pero es que esa pobre mujer de letras, preocupada de su nombre y queriendo acaso unirlo al mío, me quiere más que mi Concha, la madre de mis ocho hijos y mi verdadera madre? Mi verdadera madre, sí. En un momento de suprema, de abismática congoja, cuando me vio en las garras del Ángel de la Nada, llorar con un llanto sobre-humano, me gritó desde el fondo de sus entrañas maternales, sobrehumanas, divinas, arrojándose en mis brazos: «¡Hijo mío!»[64]. Entonces descubrí todo lo que Dios hizo para mí en esta mujer, la madre de mis hijos, mi virgen madre, que no tiene otra novela que mi novela, ella, mi espejo de santa inconciencia divina, de eternidad. Es por lo que me dejó solo en mi isla mientras que la otra, la mujer de letras, la de su novela y no la mía, fue a buscar a mi lado emociones y hasta películas de cine[65].

Pero la pobre mujer de letras buscaba lo que busco, lo que busca todo escritor, todo historiador, todo novelista, todo político, todo poeta: vivir en la duradera y permanente historia, no morir. En estos días he leído a Proust, prototipo de

---

[64] Según informa Salcedo *(op. cit.,* pág. 84), ese episodio tuvo lugar la noche del 21 o 22 de marzo de 1897, cuando a Unamuno le acometió su conocida crisis espiritual y religiosa.

[65] Se trata de Delfina Molina, que mantuvo correspondencia epistolar con Unamuno, desde 1907 hasta 1936. Don Miguel en cambio dejó de contestarle en 1914, cuando ella le declaró su amor. Sobre este episodio de la vida de Unamuno puede verse la biografía de Salcedo *(op. cit.,* pág. 262) y, sobre todo, el trabajo de María de las Nieves Pinillos Iglesias *(Delfina. La enamorada de Unamuno,* Madrid, Laberinto, 1999), donde se reproduce parte del epistolario.

escritores y de solitarios y ¡qué tragedia la de su soledad! Lo que le acongoja, lo que le permite sondar los abismos de la tragedia humana es su sentimiento de la muerte, pero de la muerte de cada instante, es que se siente morir momento a momento, que diseca el cadáver de su alma, y ¡con qué minuciosidad! ¡A la rebusca del tiempo perdido![66]. Siempre se pierde el tiempo. Lo que se llama ganar tiempo es perderlo. El tiempo: he aquí la tragedia.

«Conozco esos dolores de artistas tratados por artistas; son la sombra del dolor y no su cuerpo», escribía Mazzini a su Judit el 2 de marzo de 1835. Y Mazzini era un artista; ni más ni menos que un artista. Un poeta, y como político, un poeta, nada más que un poeta. Sombra de dolor y no cuerpo. Pero ahí está el fondo de la tragedia novelesca, de la novela trágica de la historia: el dolor es sombra y no cuerpo; el dolor más doloroso, el que nos arranca gritos y lágrimas de Dios es sombra del tedio; el tiempo no es corporal. Kant decía que es una forma *a priori* de la sensibilidad[67]. ¡Qué sueño el de la vida...! ¿Sin despertar?

[Esto de: ¿sin despertar? lo añado ahora al re-escribir lo que escribí hace dos años. Y ahora, en estos días mismos de principios de junio de 1927, cuando la tiranía pretoriana española se ensoece más y el rufián que la representa vomita, casi a diario, sobre el regazo de España las heces de sus borracheras, recibo un número de *La Gaceta Literaria* de Madrid que consagran a don Luis de Góngora y Argote y al gongorismo los jóvenes culteranos y cultos de la castrada intelectualidad española[68]. Y leo

---

[66] Alusión a la famosa novela del escritor francés Marcel Proust (1871-1922), *À la recherche du temps perdu*, que Unamuno leyó en París, en 1925 *(vid.* Vauthier, *op. cit.,* pág. 248).

[67] *Crítica de la razón pura*, I, 1.ª parte, 2.ª sección.

[68] *La Gaceta Literaria*, núm. XII (1.º de junio de 1927). En la primera página de la revista apareció una carta de Unamuno, donde este responde a la petición de una colaboración para dicho número de homenaje a Góngora, declarándose contrario al mismo, pues, según confiesa, no ha tenido ocasión de «com-prender, ni menos de con-sentir a Góngora [...] Sigue, pues, siendo para mí un desconocido —*nihil cognitum quin praevolitum*—, y hoy es el día en que no puedo decir de él nada que no sea decir del gongorismo que podríamos llamar oficial o tradicional —ya que la tradición se hace oficio—, y esto no lo quiero». La carta fue publicada

ese número aquí, en mis montañas, que Góngora llamó «del Pirineo la ceniza verde» *(Soledades,* II, 759) y veo que esos jóvenes «mucho Océano y pocas aguas prenden». Y el océano sin aguas es acaso la poesía pura o culterana[69]. Pero, en fin, «voces de sangre y sangre son del alma» *(Soledades,* II, 119) estas mis memorias, este mi relato de cómo se hace una novela.

Y ved cómo yo, que execro del gongorismo, que no encuentro poesía, esto es, creación, o sea acción, donde no hay pasión, donde no hay cuerpo y carne de dolor humano, donde no hay lágrimas de sangre, me dejo ganar de lo más terrible, de lo más antipoético del gongorismo que es la erudición. «No es sordo el mar; la erudición engaña» *(Soledades,* II, 172) escribió, no pensó, Góngora, y ahí se pinta. Era un erudito, un catedrático de poesía, aquel clérigo cordobés... ¡maldito oficio!

Y a todo esto me ha traído lo de los dolores de artistas de Mazzini combinado con el homenaje de los jóvenes culteranos de España a Góngora. Pero Mazzini, el de ¡Dios y el Pueblo!, era un patriota, era un ciudadano, era un hombre civil; ¿lo son esos jóvenes culteranos? Y ahora me percato de nuestro grande error de haber puesto la cultura sobre la civilización, o mejor sobre la civilidad. ¡No, no, ante todo y sobre todo, la civilidad!][70].

Y he aquí que por última vez volvemos a la historia de nuestro Jugo de la Raza.

El cual, así que yo le haría volver a París trayéndose el libro fatídico, se propondría el terrible problema de acabar de leer la novela que se había convertido en su vida y morir en acabándola, o renunciar a leerla y vivir, vivir, y, por consi-

---

sin el consentimiento de Unamuno y además censurada —el contenido íntegro de la misma puede verse en Miguel de Unamuno, *Epistolario inédito II (1915-1936)* (ed. de L. Robles), Madrid, Austral, 1991, págs. 209-210—, lo que molestó enormemente al autor, expresándoselo en carta a Giménez Caballero, director de la revista *(Epistolario inédito II [1915-1936], op. cit.,* págs. 216 y 222-223).

[69] Acerca de la animadversión de Unamuno hacia la poesía pura puede verse también el poema XXXIII del *Romancero del destierro.*

[70] *Vid.* el artículo de Unamuno, «Civilización y cultura» (1896). Sobre el interés de Unamuno por este asunto, *vid.* M. María Urrutia, *op. cit.,* págs. 181-193.

guiente, morirse también. Una u otra muerte; en la historia o fuera de la historia. Y yo le habría hecho decir estas cosas en un monólogo que es una manera de darse vida:

«Pero esto no es más que una locura... El autor de esta novela se está burlando de mí... ¿O soy yo quien se está burlando de mí mismo? ¿Y por qué he de morirme cuando acabe de leer este libro y el personaje autobiográfico se muera? ¿Por qué no he de sobrevivirme a mí mismo? Sobrevivirme y examinar mi cadáver. Voy a continuar leyendo un poco hasta que al pobre diablo no le quede más que un poco de vida, y entonces cuando haya previsto el fin viviré pensando que le hago vivir. Cuando don Juan Valera, ya viejo, se quedó ciego, se negó a que le operasen, y decía: "Si se me opera, pueden dejarme ciego definitivamente, para siempre, sin esperanza de recobrar la vista, mientras que si no me dejo operar podré vivir siempre con la esperanza de que una operación me curaría." No; no voy a continuar leyendo; voy a guardar el libro al alcance de la mano, a la cabecera de mi cama, mientras me duerma y pensaré que podría leerlo si quisiera, pero sin leerlo. ¿Podré vivir así? De todos modos he de morirme, pues que todo el mundo se muere...» [La expresión popular española es que todo dios se muere...]

Y en tanto Jugo de la Raza habría recomenzado a leer el libro sin terminarlo, leyéndolo muy lentamente, muy lentamente, sílaba a sílaba, deletreándolo, deteniéndose cada vez una línea más adelante que en la precedente lectura y para recomenzarla de nuevo. Que es como avanzar cien pasos de tortuga y retroceder noventa y nueve, avanzar de nuevo y volver a retroceder en igual proporción y siempre con el espanto del último paso.

Estas palabras que habría puesto en la boca de mi Jugo de la Raza, a saber: que todo el mundo se muere [o en español popular, que todo dios se muere] son una de las más grandes vulgaridades que cabe decir, el más común de todos los lugares comunes, y, por lo tanto, la más paradójica de las paradojas. Cuando estudiábamos lógica el ejemplo de los silogismos que se nos presentaba era: «Todos los hombres son mortales; Pedro es hombre, luego Pedro es mortal.» Y había este antisilogismo, el ilógico: «Cristo es inmortal; Cristo es hombre, luego todo hombre es inmortal.»

[Este antisilogismo cuya premisa mayor es un término individual, no universal ni particular, pero que alcanza la máxima universalidad, pues si Cristo resucitó puede resucitar cualquier hombre, o como se diría en español popular, puede resucitar todo cristo, ese antisilogismo está en la base de lo que he llamado el sentimiento trágico de la vida y hace la esencia de la agonía del cristianismo[71]. Todo lo cual constituye la divina tragedia.

¡La Divina Tragedia! Y no como el Dante, el creyente medieval, el proscrito gibelino, llamó a la suya: *Divina Comedia*[72]. La del Dante era comedia, y no tragedia, porque había en ella esperanza. En el canto vigésimo del *Paradiso* hay un terceto que nos muestra la luz que brilla sobre esa comedia. Es donde dice que el reino de los cielos padece fuerza —según la sentencia evangélica[73]— de cálido amor y de viva esperanza que vence a la divina voluntad:

> *Regnum cœlorum violenza pate*
> *da caldo amore, e da viva speranza*
> *che vince la divina volontate*[74].

Y esto es más que poesía pura o que erudición culterana.

¡La viva esperanza vence a la divina voluntad! ¡Creer en esto sí que es fe y fe poética! El que espere firmemente, lleno de fe en su esperanza, no morirse, ¡no se morirá...! Y en todo caso los condenados del Dante viven en la historia, y así, su condenación no es trágica, no es de divina tragedia, sino cómica. Sobre ellos, y a pesar de su condena, se sonríe Dios...]

---

[71] Hace referencia a sus libros *El sentimiento trágico de la vida* (1913) y *La agonía del cristianismo* (1925).
[72] En realidad, Dante llamó a su famosa obra, *Comedia*, siendo las generaciones posteriores quienes le dieron el nombre de *Divina Comedia*, tal y como hoy se la conoce.
[73] Mateo, XI, 12: «El reino de los cielos sufre violencia y los violentos lo arrebatan.»
[74] *Paraíso*, XX, vv. 94-96.

¡Una vulgaridad! Y, sin embargo, el pasaje más trágico de la trágica correspondencia de Mazzini es aquel fechado, en 30 de junio de 1835, en que dice: «Todo el mundo se muere: Romagnosi se ha muerto, se ha muerto Pecchio, y Vitorelli, a quien creía muerto hace tiempo, acaba de morirse.» Y acaso Mazzini se dijo un día: «Yo, que me creía muerto, voy a morirme.» Como Proust.

¿Qué voy a hacer de mi Jugo de la Raza? Como esto que escribo, lector, es una novela verdadera, un poema verdadero, una creación, y consiste en decirte cómo se hace y no cómo se cuenta una novela, una vida histórica, no tengo por qué satisfacer tu interés folletinesco y frívolo. Todo lector que leyendo una novela se preocupa de saber cómo acabarán los personajes de ella sin preocuparse de saber cómo acabará él, no merece que se satisfaga su curiosidad.

En cuanto a mis dolores, acaso incomunicables, digo lo que Mazzini el 15 de julio de 1835 escribía desde Grenchen a su Judit: «Hoy debo decirte, para que no digas, ya que mis dolores pertenecen a la poesía como tú la llamas, que son tales realmente desde hace algún tiempo...» Y en otra carta, del 2 de junio del mismo año: «A todo lo que les es extraño le han llamado poesía; han llamado loco al poeta hasta volverle de veras loco; volvieron loco al Tasso, cometieron el suicidio de Chatterton y de otros; han llegado hasta ensañarse con los muertos, Byron, Foscolo y otros, porque no siguieron sus caminos. ¡Caiga el desprecio sobre ellos! Sufriré, pero no quiero renegar de mi alma; no quiero hacerme malo para complacerles, y me haría malo, muy malo, si se me arrancara lo que llaman poesía, puesto que, a fuerza de haber prostituido el nombre de poesía con la hipocresía, se ha llegado a dudar de todo. Pero para mí, que veo y llamo a las cosas a mi manera, la poesía es la virtud, es el amor, la piedad, el afecto, el amor de la patria, el infortunio inmerecido, eres tú, es tu amor de madre, es todo lo que hay de sagrado en la tierra...» No puedo continuar escuchando a Mazzini. Al leer eso, el corazón del lector oye caer del cielo negro, de por encima de las nubes amontonadas en tormenta, los gritos de un águila herida en su vuelo cuando se bañaba en la luz del sol.

¡Poesía! ¡Divina poesía! ¡Consuelo que es toda la vida! Sí, la poesía es todo esto. Y es también la política. El otro gran proscrito, el más grande sin duda de todos los ciudadanos proscritos, el gibelino Dante, fue y es y sigue siendo un muy alto y muy profundo, un soberano poeta y un político y un creyente. Política, religión y poesía fueron en él y para él una sola cosa, una íntima trinidad. Su ciudadanía, su fe y su fantasía le hicieron eterno.

[Y ahora, en el número de *La Gaceta Literaria* en que los jóvenes culteranos de España rinden un homenaje a Góngora y que acabo de recibir y leer, uno de esos jóvenes, Benjamín Jarnés, en un articulito que se titula culteranamente «Oro trillado y néctar exprimido», nos dice que «Góngora no apela al fuego fatuo de la azulada fantasía, ni a la llama oscilante de la pasión, sino a la perenne luz de la tranquila inteligencia»[75]. ¿Y a esto le llaman poesía esos intelectuales? ¿Poesía sin fuego de fantasía ni llama de pasión? ¡Pues que se alimenten de pan hecho con ese oro trillado! Y luego añade que Góngora, no tanto se propuso repetir un cuento bello cuanto inventar un bello idioma. Pero ¿es que hay idioma sin cuento ni belleza de idioma sin belleza de cuento?

Todo ese homenaje a Góngora, por las circunstancias en que se ha rendido, por el estado actual de mi pobre patria, me parece un tácito homenaje de servidumbre a la tiranía, un acto servil y en algunos, no en todos, ¡claro!, un acto de pordiosería. Y toda esa poesía que celebran no es más que mentira. ¡Mentira, mentira, mentira...! El mismo Góngora era un mentiroso. Oíd cómo empieza sus *Soledades* el que dijo que «la erudición engaña». Así:

Era del año la estación florida
en que el mentido robador de Europa...

¡El mentido! ¿El mentido? ¿Por qué se creía obligado a decirnos que el robo de Europa por Júpiter convertido en

---

[75] *La gaceta literaria* (1 de junio de 1927), pág. 62, col. 4.

toro es una mentira? ¿Por qué el erudito culterano se creía obligado a darnos a entender que eran mentiras sus ficciones? Mentiras y no ficciones. Y es que él, el artista culterano, que era clérigo, sacerdote de la Iglesia Católica Apostólica Romana, ¿creía en el Cristo a quien rendía culto público? ¿Es que, al consagrar en la sagrada misa, no ejercía de culterano también? Me quedo con la fantasía y la pasión del Dante.]

Existen desdichados que me aconsejan dejar la política. Lo que ellos con un gesto de fingido desdén, que no es más que miedo, miedo de eunucos o de impotentes o de muertos, llaman política y me aseguran que debería consagrarme a mis cátedras, a mis estudios, a mis novelas, a mis poemas, a mi vida. No quieren saber que mis cátedras, mis estudios, mis novelas, mis poemas son política. Que hoy, en mi patria, se trata de luchar por la libertad de la verdad, que es la suprema justicia, por libertar la verdad de la peor de las dictaduras, de la que no dicta nada, de la peor de las tiranías, la de la estupidez y la impotencia, de la fuerza pura y sin dirección. Mazzini, el hijo predilecto del Dante, hizo de su vida un poema, una novela mucho más poética que las de Manzoni, D'Azeglio, Grossi o Guerrazzi[76]. Y la mayor parte y la mejor de las poesías de Lamartine y de Hugo vino de que eran tan poetas como eran políticos. ¿Y los poetas que no han hecho jamás política? Habría que verlo de cerca y en todo caso

non raggionam di lor, ma guarda e passa[77].

---

[76] Se trata de cuatro destacados autores del *Risorgimento* italiano que tuvieron también un papel más o menos activo en la política de su país. Alessandro Manzoni (1785-1873), simpatizante del liberalismo moderado que luchaba por la unificación de Italia, es autor de *I Promessi Sposi*, considerada como la obra maestra de todo el ochocientos italiano. Massimo D'Azeglio (1798-1866), yerno de Manzoni y con un activo papel en la política, es autor de algunas novelas históricas y de unas memorias tituladas *I miei ricordi*. Tommaso Grossi (1790-1853), enemigo de Manzoni, poeta del romanticismo gótico y autor de la novela *Marco Visconti*. Francesco Domenico Guerrazzi (1804-1873), uno de los mayores representantes del romanticismo italiano, y autor de la novela histórica *La battaglia di Benevento*, mantuvo también un activo papel en la política italiana hasta sus últimos años.

[77] Dante, *Infierno*, III, v. 51: «no hablemos más de ellos, mas mira y pasa».

Y hay otros, los más viles, los intelectuales por antonomasia, los técnicos, los sabios, los filósofos. El 28 de junio de 1835, Mazzini escribía a su Judit: «En cuanto a mí, lo dejo todo y vuelvo a entrar en mi individualidad, henchido de amargura por todo lo que más quiero, de disgusto hacia los hombres, de desprecio para con aquellos que recogen la cobardía en los despojos de la filosofía, lleno de altanería frente a todos, pero de dolor y de indignación frente a mí mismo, y al presente y al porvenir. No volveré a levantar las manos fuera del fango de las doctrinas. ¡Que la maldición de mi patria, de la que ha de surgir en el porvenir, caiga sobre ellos!»

¡Así sea! Así sea digo yo de los sabios, de los filósofos que se alimentan en España y de España, de los que no quieren gritos, de los que quieren que se reciba sonriendo los escupitajos de los viles, de los que más que viles, de los que se preguntan qué es lo que se va a hacer de la libertad. ¿Ellos? Ellos..., venderla. ¡Prostitutos![78].

---

[78] La crítica ha visto aquí una alusión clara a Ortega y Gasset que, como es sabido, y a diferencia de Unamuno, permaneció en España durante la dictadura de Primo de Rivera (*vid*. Genoveva García Queipo de Llano, *Los intelectuales y la dictadura de Primo de Rivera*, Madrid, Alianza, 1988, pág. 184; y Ródenas, *op. cit.*, pág. 245, n. 82). Concretamente, Fernández Cifuentes, que interpreta *Cómo se hace una novela* «como el antagonista más pertinaz, más radical y complejo de *Ideas sobre la novela* —y del trabajo para el exilio, que lo acompaña en su primera edición completa, *La deshumanización del arte*» (art. cit., pág. 45), asegura que «La figura de Ortega se disimula apenas en el plural de ese "sabios" y "filósofos" que se alimentan en España y de España» a los que Unamuno llama «viles» y «prostitutos» (art. cit., pág. 48). Informa también Fernández Cifuentes pormenorizadamente acerca del suceso que pudo estar en la raíz de tal animadversión: antes de salir para el exilio, Unamuno había increpado duramente a los intelectuales de *El Sol*, el periódico liderado por Ortega y donde este estaba publicando por capítulos *La deshumanización del arte*. Consecuentemente, nada más salir Unamuno de España, se le respondió en el periódico con dureza a partir de los consabidos argumentos orteguianos del necesario deslinde entre la esfera de la política y la de la literatura, que tanto disgustaba a nuestro autor (*vid*. art. cit., págs. 46-47). Por su parte, Vauthier advierte que si en 1925, año de la primera redacción de *Cómo se hace una novela*, es a la luz de estas declaraciones como deben leerse los ataques de Unamuno a determinado sector de la intelectualidad española, en el año 1927, cuando este redacta la segunda versión, es a la luz de las «gongorizadas» como debemos interpretar sus críticas (*vid*. Vauthier, *op. cit.*, pág. 206, n. 67).

[Desde que escribí estas líneas, hace ya dos años, no he tenido, ¡desgracia de Dios!, sino motivos para corroborarme en el sentimiento que me las dictó. La degradación, la degeneración de los intelectuales —llamémoslos así— de España ha seguido. Sométense a la censura y aguantan en silencio las notas oficiosas con que Primo de Rivera está insultando casi a diario a la dignidad de la conciencia civil y nacional de España. Y siguen disertando de mandangas.]

Voy a volver todavía, después de la última vez, después que dije que no volvería a ello, a mi Jugo de la Raza. Me preguntaba si consumido por su fatídica ansiedad, teniendo siempre ante los ojos y al alcance de la mano el agorero libro y no atreviéndose a abrirlo y a continuar en él la lectura para prolongar así la agonía que era su vida, me preguntaba si no le haría sufrir un ataque de hemiplejia o cualquier otro accidente de igual género. Si no le haría perder la voluntad y la memoria o en todo caso el apetito de vivir, de suerte que olvidara el libro, la novela, su propia vida y se olvidara de sí mismo. Otro modo de morir y antes de tiempo. Si es que hay un tiempo para morirse y se pueda morir fuera de él.

Esta solución me ha sido sugerida por los últimos retratos que he visto del pobre Francos Rodríguez[79], periodista, antiguo republicano y después ministro de don Alfonso. Está hemipléjico. En uno de esos retratos aparece fotografiado al salir de Palacio, en compañía de Horacio Echevarrieta, después de haber visto al Rey para invitarle a poner la primera piedra de la Casa de la Prensa, de cuya asociación es Francos presidente. Otro le representa durante la ceremonia a que asistía el Rey a su lado. Su rostro refleja el espanto vaciado en carne. Y me he acordado de aquel otro pobre don Gumersindo Azcárate[80], republicano también, a quien ya invá-

---

[79] José Francos Rodríguez (1892-1931), diputado demócrata desde 1898 hasta 1923; en 1917 fue ministro de Instrucción Pública y, en 1921, de Gracia y Justicia.

[80] Gumersindo de Azcárate (1840-1917), catedrático de Economía Política y Estadística, fue uno de los más destacados intelectuales del krausismo, por lo que, como otros, sufrió la separación de la Universidad en 1875. Fue víctima de una embolia cerebral en 1917, cuando ocupaba el cargo de vicepresidente en la Junta de Ampliación de Estudios, de la que murió al cabo de unas semanas.

lido y balbuciente se le transportaba a Palacio como un cadáver vivo. Y en la ceremonia de la primera piedra de la Casa de la Prensa, Primo de Rivera hizo el elogio de Pi y Margall[81], consecuente republicano de toda su vida, que murió en el pleno uso de sus facultades de ciudadano, que se murió cuando estaba vivo.

Pensando en esta solución que podría haber dado a la novela de mi Jugo de la Raza, si en lugar de hacerse ensayara contarla, he evocado a mi mujer y a mis hijos y he pensado que no he de morirme huérfano, que serán ellos, mis hijos, mis padres, y ellas, mis hijas, mis madres. Y si un día el espanto del porvenir se vacía en la carne de mi cara, si pierdo la voluntad y la memoria, no sufrirán ellos, mis hijos y mis hijas, mis padres y mis madres, que los otros me rindan el menor homenaje y ni que me perdonen vengativamente, no sufrirán que ese trágico botarate, que ese monstruo de frivolidad que escribió un día que me querría exento de pasión —es decir, peor que muerto— haga mi elogio[82]. Y si esto es comedia, es, como la del Dante, divina comedia.

[Al releer, volviendo a escribirlo, esto, me doy cuenta, como lector de mí mismo, del deplorable efecto que ha de hacer eso de que no quiero que me perdonen. Es algo de una soberbia luzbelina y casi satánica, es algo que no se compadece con el «perdónanos nuestras deudas así como nosotros perdonamos a nuestros deudores». Porque si perdonamos a nuestros deudores, ¿por qué no han de perdonarnos aquellos a quienes debemos? Y que en el fragor de la pelea les he ofendido es innegable. Pero me ha envenenado el pan y el vino del alma el ver que imponen castigos injustos, inmerecidos, no más que en vista del indulto. Lo más repugnante de lo que llaman la regia prerrogativa del indulto es que más de una vez —de alguna tengo experiencia inmediata— el poder regio ha violentado a los tribunales de

---

[81] Francisco Pi i Margall (1824-1901) fue presidente de la Primera República en 1873 y participó en la vida política española hasta el final de su vida.
[82] *Vid.* el comentario de Unamuno al soneto LXXXII de su libro *De Fuerteventura a París.*

justicia, ha ejercido sobre ellos cohecho, para que condenaran injustamente al solo fin de poder luego infligir un rencoroso indulto. A lo que también obedece la absurda gravedad de la pena con que se agrava los supuestos delitos de injuria al Rey, de lesa majestad.]

Presumo que algún lector, al leer esta confesión cínica y a la que acaso repute de impúdica, esta confesión a lo Juan Jacobo, se revuelva contra mi doctrina de la divina comedia, o mejor de la divina tragedia y se indigne diciendo que no hago sino representar un papel, que no comprendo el patriotismo, que no ha sido seria la comedia de mi vida. Pero a este lector indignado lo que le indigna es que le muestro que él es, a su vez, un personaje cómico, novelesco y nada menos, un personaje que quiero poner en medio del sueño de su vida. Que haga del sueño, de su sueño, vida y se habrá salvado. Y como no hay nada más que comedia y novela, que piense que lo que le parece realidad extra-escénica es comedia de comedia, novela de novela, que el nóumeno inventado por Kant[83] es lo de más fenomenal que puede darse y la sustancia lo que hay de más formal. El fondo de una cosa es superficie.

Y ahora, ¿para qué acabar la novela de Jugo? Esta novela y por lo demás todas las que se hacen y no que se contenta uno con contarlas, en rigor, no acaban. Lo acabado, lo perfecto, es la muerte, y la vida no puede morirse. El lector que busque novelas acabadas no merece ser mi lector; él está ya acabado antes de haberme leído.

El lector aficionado a muertes extrañas, el sádico a la busca de eyaculaciones de la sensibilidad, el que leyendo *La piel de zapa* se siente desfallecer de espasmo voluptuoso cuando Rafael llama a Paulina: «Paulina, ¡ven!..., Paulina» —y más adelante: «Te quiero, te adoro, te deseo...»— y la ve rodar sobre el canapé medio desnuda, y la desea en su agonía, en

---

[83] *Crítica de la razón pura*, 1.ª parte, 1.ª sección, libro II, capítulo III. *Vid.* sobre el tema el artículo de Carlos Blanco Aguinaga, «Interioridad y exterioridad en Unamuno», *Nueva Revista de Filología Hispánica*, núm. VII (1953), págs. 686-701.

su agonía que es su deseo mismo, a través de los sones estrangulados de su estertor agónico y que muerde a Paulina en el seno y que ella muere agarrada a él, ese lector querría que yo le diese de parecida manera el fin de la agonía de mi protagonista, pero si no ha sentido esa agonía en sí mismo, ¿para qué he de extenderme más? Además hay necesidades a que no quiero plegarme. ¡Que se las arregle solo, como pueda, solo y solitario!

A despecho de lo cual algún lector volverá a preguntarme: «Y bien, ¿cómo acaba este hombre?, ¿cómo le devora la historia?» ¿Y cómo acabarás tú, lector? Si no eres más que lector, al acabar tu lectura; y si eres hombre, hombre como yo, es decir, comediante y autor de ti mismo, entonces no debes leer por miedo de olvidarte a ti mismo.

Cuéntase de un actor que recogía grandes aplausos cada vez que se suicidaba hipócritamente en escena y que una, la sola y última, en que lo hizo teatralmente, pero verazmente, es decir, que no pudo ya volver a reanudar representación alguna, que se suicidó de veras, lo que se dice de veras, entonces fue silbado. Y habría sido más trágico aún si hubiera recogido risas o sonrisas. ¡La risa!, ¡la risa!, ¡la abismática pasión trágica de Nuestro Señor Don Quijote! Y la de Cristo. Hacer reír con una agonía. «Si eres el rey de los judíos, sálvate a ti mismo» (Luc., XXIII, 37).

«Dios no es capaz de ironía, y el amor es una cosa demasiado santa, es demasiado la cosa más pura de nuestra naturaleza para que no nos venga de Él. Así, pues, o negar a Dios, lo que es absurdo, o creer en la inmortalidad.» Así escribía desde Londres a su madre —¡a su madre!— el agónico Mazzini —¡maravilloso agonista!— el 26 de junio de 1839, treinta y tres años antes de su definitiva muerte terrestre. ¿Y si la historia no fuese más que la risa de Dios? ¿Cada revolución una de sus carcajadas? Carcajadas que resuenan como truenos mientras los divinos ojos lagrimean de risa.

En todo caso y por lo demás no quiero morirme no más que para dar gusto a ciertos lectores inciertos. Y tú, lector, que has llegado hasta aquí, ¿es que vives?

Continuación

Así acababa el relato de cómo se hace una novela que apareció en francés, en el número del 15 de mayo de 1926 del *Mercure de France*, relato escrito hace ya cerca de dos años. Y después ha continuado mi novela, historia, comedia, tragedia o como se quiera, y ha continuado la novela, historia, comedia o tragedia de mi España, y la de toda Europa y la de la humanidad entera. Y sobre la congoja del posible acabamiento de mi novela, sobre y bajo ella, sigue acongojándome la congoja del posible acabamiento de la novela de la humanidad. En lo que se incluye, como episodio, eso que llaman el ocaso del Occidente y el fin de nuestra civilización.

¿He de recordar una vez más el fin de la oda de Carducci «Sobre el monte Mario»? Cuando nos describe lo de que «hasta que sobre el Ecuador recogida, a las llamadas del calor que huye, la extenuada prole no tenga más que una sola mujer, un solo hombre, que erguidos en medio de ruinas de montes, entre muertos bosques, lívidos, con los ojos vítreos, te vean sobre el inmenso hielo, ¡oh sol, ponerte!»[84]. Apocalíptica visión que me recuerda otra, por más cómica más terrible, que he leído en Courteline[85] y que nos pinta el fin de los últimos hombres recogidos en un buque, nueva arca

---

[84] Carducci (1835-1907), «Su Monte Mario», oda XLII del Libro Segundo de las *Odi Barbare* (1899). Anteriormente Unamuno había incluido en su libro *Poesías* (1907) una traducción en verso de esta misma oda.

[85] Georges Courteline es el seudónimo de Georges Moineaux (1861-1929), autor francés de comedias satíricas, como, por ejemplo, *Messieurs les rond-de-cuir* (1893) o *Bouburoche* (1893).

de Noé, en un nuevo diluvio universal. Con los últimos hombres, con la última familia humana, va a bordo un loro; el buque empieza a hundirse, los hombres se ahogan, pero el loro trepa a lo más alto del maste mayor y, cuando este último tope va a hundirse en las aguas, el loro lanza al cielo un «¡Liberté, Egalité, Fraternité!». Y así se acaba la historia.

A esto suelen llamarle pesimismo. Pero no es el pesimismo a que suele referirse el todavía rey de España —hoy, 4 de junio de 1927— don Alfonso XIII cuando dice que hay que aislar a los pesimistas. Y por eso me aislaron unos meses en la isla de Fuerteventura, para que no contaminase mi pesimismo paradójico a mis compatriotas. Se me indultó luego de aquel confinamiento o aislamiento, a que se me llevó sin habérseme dado todavía la razón o siquiera el pretexto; me vine a Francia sin hacer caso del indulto y me fijé en París, donde escribí el precedente relato, y a fines de agosto de 1925 me vine de París acá, a Hendaya, a continuar haciendo novela de vida. Y es esta parte de mi novela la que voy ahora, lector, a contarte para que sigas viendo cómo se hace una novela.

***

Escribí lo que precede hace doce días y todo este tiempo lo he pasado sin poner pluma en estas cuartillas, rumiando el pensamiento de cómo habría de terminar la novela que se hace. Porque ahora quiero acabarla, quiero sacar a mi Jugo de la Raza de la tremenda pesadilla de la lectura del libro fatídico, quiero llegar al fin de su novela como Balzac llegó al fin de la novela de Rafael Valentín. Y creo poder llegar a él, creo poder acabar de hacer la novela gracias a veintidós meses de Hendaya.

Renuncio, desde luego, a contarte, lector, con pormenores la historia de mi estancia aquí, mis aventuras de la frontera. Ya las contaré en otra parte. Y allí todas las maniobras de los abyectos tiranuelos de España para sacarme de aquí, para que el Gobierno de la República francesa me interne. Allí contaré cómo se me invitó por el ministro del Interior, Mr. Schramek, a alejarme de la frontera porque mi estancia aquí podía crear «en la hora actual» —escrito el 6 de setiembre de 1925— «ciertas dificultades», y para «evitar todo incidente susceptible de perjudicar las buenas relaciones que existen entre Francia y España» y «para facilitar la tarea que se impone a las autoridades francesas»; cómo le contesté, escribiendo a la vez a Mr. Painlevé, mi amigo, presidente entonces del Consejo de Ministros y al Sr. Quiñones de León, embajador de Don Alfonso ante la República francesa, y les contesté negándome a abandonar este rincón de mi nativo país vasco y portería de España, y lo que se siguió. Y fue que poco después, el 24 de setiembre, fue el mismo prefecto de los Bajos Pirineos el que desde Pau vino a verme y a convencerme, de parte de Mr. Painlevé, que abandonara la frontera. Volví a negarme y la tiranía española, que ya descontaba el triunfo de mi internamiento, emprendió una campaña policíaca. Contaré cómo la Policía española, dirigida por un tal Luis Fenoll, compró aquí, en un taller de Hendaya, unas pistolas, se fue con ellas a la raya fronteriza, por la parte de Vera, fingió una escaramuza con una supuesta partida de comunistas —¡el coco!—, perdiéronse los policías, toparon con carabineros y, llevados a presencia del capitán don Juan Cueto, mi antiguo y entrañable amigo, el cabecilla policíaco Fenoll le declaró que llevaba, de parte del Directorio militar que regía España, una «alta misión política», que era la de provocar o más bien fingir un incidente de frontera, una invasión comunista, que justificase el que se me obligara a alejarme de la frontera. La tramoya fracasó por la lealtad del capitán Cueto, hoy procesado, que la delató, y por la torpeza característica de la Policía, mas ni aun así cejaron los abyectos tiranuelos de España —no quiero llamarles españoles— en su empeño de sacarme de aquí. Y algún día contaré las varias incidencias de esta lucha. Por ahora y para terminar con esta parte externa y casi diría aparencial de mi vida aquí, sólo diré que hace poco más de un mes, el 16 del pasado mayo, recibí otra carta del señor prefecto de los Bajos Pirineos, desde Pau, en que me rogaba que pasase lo más pronto posible —*le plus tôt possible*— por su despacho para darme parte de una comunicación del Señor Ministro del Interior, a lo que contesté que no debiendo por muy graves razones especiales salir de Hendaya, le rogaba que me enviase acá, y por escrito, la tal comunicación. Y hasta hoy. Bien presumí que no se atreverían a comunicarme nada por escrito, que queda, y por ello me resistí a la palabra que se la lleva el viento. Pero... ¿queda el escrito? ¿Se lleva el viento la palabra? ¿Tiene la letra, el esqueleto, más esencia duradera, más eternidad, que el verbo, que la carne? Y heme aquí de nuevo en el centro, en el hondón de la vida íntima, del «hombre de dentro» que diría San Pablo (Efesios, III, 15), en el tuétano de mi novela, de mi historia. Lo que me lleva a continuarla, a acabar de contarte, lector, cómo se hace una novela.

Por debajo de esos incidentes de policía, a la que los tiranuelos rebajan y degradan, la política, la santa política, he llevado y sigo llevando aquí, en mi destierro de Hendaya, en este fronterizo rincón de mi nativa tierra vasca, una vida íntima de política hecha religión y de religión hecha política, una novela de eternidad histórica. Unas veces me voy a la playa de Ondarraitz, a bañar la niñez eterna de mi espíritu en la visión de la eterna niñez de la mar que nos habla de antes de la historia o mejor de debajo de ella, de su sustancia divina, y otras veces, remontando el curso del Bidasoa lindero, paso junto a la isleta de los Faisanes, donde se concertó el casamiento de Luis XIV de Francia con la infanta de España María Teresa, hija de nuestro Felipe IV, el Habsburgo, y se firmó el pacto de Familia —«¡ya no hay Pirineos!», se dijo, como si con pactos así se abatieran montañas de roca milenaria—, y voy a la aldea de Biriatu, remanso de paz. Allí, en Biriatu, me siento un momento al pie de la iglesiuca, frente al caserío de Muniorte, donde la tradición local dice que viven descendientes bastardos de Ricardo Plantagenet, duque de Aquitania, que habría sido rey de Inglaterra, el famoso Príncipe Negro que fue a ayudar a don Pedro el Cruel de Castilla[86], y contemplo la encañada del Bidasoa, al pie del Choldocogaña, tan llena de recuerdos de nuestras contiendas civiles, por donde corre más historia que agua, y

---

[86] El dato histórico aquí es erróneo, ya que quien recibía el nombre del Príncipe Negro era el padre de Ricardo II, Eduardo, príncipe de Gales y lugarteniente general de Aquitania, que fue quien apoyó a Pedro I el Cruel en las guerras de Castilla (vid. Ródenas, *op. cit.*, pág. 255).

envuelvo mis pensamientos de proscrito en el aire tamizado y húmedo de nuestras montañas maternales. Alguna vez me llego a Urruña, cuyo reló nos dice que todas las horas hieren y la última mata —*vulnerant omnes, ultima necat*—, o más allá, a San Juan de Luz, en cuya iglesia matriz se casó Luis XIV con la infanta de España, tapiándose luego la puerta por donde entraron a la boda y salieron de ella. Y otras veces me voy a Bayona, que me reinfantiliza, que me restituye a mi niñez bendita, a mi eternidad histórica, porque Bayona me trae la esencia de mi Bilbao de hace más de cincuenta años, del Bilbao que hizo mi niñez y al que mi niñez hizo. El contorno de la catedral de Bayona me vuelve a la basílica de Santiago de Bilbao, a mi basílica. ¡Hasta la fuente aquella monumental que tiene al lado! Y todo esto me ha llevado a ver el final de la novela de mi Jugo.

Mi Jugo se dejaría al cabo del libro, renunciaría al libro fatídico, a concluir de leerlo. En sus correrías por los mundos de Dios para escapar de la fatídica lectura iría a dar a su tierra natal, a la de su niñez, y en ella se encontraría con su niñez misma, con su niñez eterna, con aquella edad en que aún no sabía leer, en que todavía no era hombre de libro. Y en esa niñez encontraría su hombre interior, el *eso anthropos*. Porque nos dice San Pablo en los versillos 14 y 15 de la Epístola a los Efesios que, «por eso doblo mis rodillas ante el Padre, por quien se nombra todo lo paterno» —podría sin gran violencia traducirse: "toda patria"— «en los cielos y en la tierra, para que os dé según la riqueza de su gloria el robusteceros con poder, por su espíritu, en el hombre de dentro...». Y este hombre de dentro se encuentra en su patria, en su eterna patria, en la patria de su eternidad, al encontrarse con su niñez, con su sentimiento —y más que sentimiento, con su esencia de filialidad—, al sentirse hijo y descubrir al padre. O sea sentir en sí al padre.

Precisamente en estos días ha caído en mis manos y como por divina o sea paternal providencia, un librito de Juan Hessen, titulado *Filialidad de Dios (Gottes Kindschaft)*[87], y

---

[87] Johannes Hessen (1889-1971), filósofo y teólogo católico alemán, publicó en 1924 su *Gotteskindschaft*, y aumentada en una segunda edición en 1925.

en él he leído: «Debería por eso quedar bien en claro que es siempre y cada vez el niño quien en nosotros cree. Como el ver es una función de la vista, así el creer es una función del sentido infantil. Hay tanta potencia de creer en nosotros cuanta infantilidad tengamos.» Y no deja Hessen, ¡claro está!, de recordarnos aquello del Evangelio de San Mateo (XVIII, 3) cuando el Cristo, el Hijo del Hombre, el Hijo del Padre, decía: «En verdad os digo que si no os volvéis y os hacéis como niños no entraréis en el reino de los cielos.» «Si no os volvéis», dice. Y por eso le hago yo volverse a mi Jugo.

Y el niño, el hijo, descubre al padre. En los versillos 14 y 15 del capítulo VIII de la Epístola a los Romanos —y tampoco deja de recordarlo Hessen— San Pablo nos dice que «cuantos son llevados por espíritu de Dios, éstos son hijos de Dios; pues no recibiréis ya espíritu de servidumbre otra vez para temor, sino que recibiréis espíritu de ahijamiento en que clamemos: *abbá*, ¡padre!». O sea: ¡papá! Yo no recuerdo cuándo decía «¡papá!» antes de empezar a leer y escribir; es un momento de mi eternidad que se me pierde en la bruma oceánica de mi pasado. Murió mi padre cuando yo apenas había cumplido los seis años y toda imagen suya se me ha borrado de la memoria, sustituida —acaso borrada— por las imágenes artísticas o artificiales, las de retratos; entre otras, un daguerrotipo de cuando era un mozo, no más que hijo él a su vez. Aunque no toda imagen suya se me ha borrado, sino que confusamente, en niebla oceánica, sin rasgos distintos, aún le columbro en un momento en que se me reveló, muy niño yo, el misterio del lenguaje. Era que había en mi casa paterna de Bilbao una sala de recibo, santuario litúrgico del hogar, a donde no se nos dejaba entrar a los niños, no fuéramos a manchar su suelo encerado o arrugar las fundas de los sillones. Del techo pendía un espejo de bola donde uno se veía pequeñito y deformado, y de las paredes colgaban unas litografías bíblicas, una de las cuales representaba —¡me parece estarla viendo!— a Moisés sacando con una varita agua de la roca como yo ahora saco estos recuerdos de la roca de la eternidad de mi niñez. Junto a la sala, un cuarto oscuro donde se escondía la Marmota, ser misterioso y enigmático. Pues bien, un día en que logré yo entrar en la vedada y litúrgica sala de recibo, me encontré a mi padre —¡papá!—, que me acogió en sus brazos, sentado en uno de los sillones enfundados, frente a un francés, a un señor Legorgeux —a quien conocí luego— y hablando en francés. Y qué efecto pudo producir en mi infantil conciencia —no quiero decir sólo fantasía, aunque acaso fantasía y conciencia sean uno y lo mismo— el oír a mi padre, a mi propio padre —¡papá!— hablar en una lengua que me sonaba a cosa extraña y como de otro mundo, que es aquella impresión la que me ha quedado grabada, la del padre que habla una lengua misteriosa y enigmática. Que el francés era entonces para mí lengua de misterio[88].

Descubrí al padre —¡papá!— hablando una lengua de misterio y acaso acariciándome en la nuestra. Pero ¿descubre el hijo al padre? ¿O no es más bien el padre el que descubre al hijo? ¿Es la filialidad que llevamos en las entrañas la que nos descubre la paternidad, o no es más bien la paternidad de nuestras entrañas la que nos descubre nuestra filialidad? «El niño es el padre del hombre» ha cantado para siempre Wordsworth[89], pero ¿no es el sentimiento —¡qué pobre palabra!— de paternidad, de perpetuidad hacia el porvenir, el que nos revela el sentimiento de filialidad, de perpetuidad hacia el pasado?, ¿no hay acaso un sentido oscuro de perpetuidad hacia el pasado, de preexistencia, junto al sentido de perpetuidad hacia el futuro, de per-existencia o sobre-existencia? Y así se explicaría que entre los indios, pueblo infantil, filial, haya más que la creencia, la vivencia, la experiencia íntima de una vida —o mejor, una sucesión de vidas— prenatal, como entre nosotros, los occidentales, hay la creencia, en muchos la vivencia, la experiencia íntima, el deseo, la es-

---

[88] Acerca de este recuerdo, *vid.* también sus *Recuerdos de niñez y mocedad* (1908).
[89] Este verso del célebre poeta romántico inglés William Wordsworth (1770-1850) forma parte del poema «My heart leaps up when I behold» (1802) («Mi corazón da un brinco cuando observo»), y fue luego utilizado como parte del epígrafe que encabeza la oda «Intimations of Inmortality from Recollections of Early Childhood» (1807).

peranza vital, la fe en una vida de tras la muerte. Y ese *nirvana* a que los indios se encaminan —y no hay más que el camino—, ¿es algo distinto de la oscura vida natal intra-uterina, del sueño sin ensueños, pero con inconsciente sentir de vida, de antes del nacimiento, pero después de la concepción? Y he aquí por qué cuando me pongo a soñar en una experiencia mística a contratiempo, o mejor a arredrotiempo, le llamo al morir desnacer y la muerte es otro parto.

«¡Padre, en tus manos pongo mi espíritu!», clamó el Hijo (Lucas, XXIII, 46) al morirse, al desnacer, en el parto de la muerte. O según otro Evangelio (Juan, XIX, 30), clamó: *¡tetélestai!*, «¡queda cumplido!».

> «¡Queda cumplido!», suspiró, y doblando
> la cabeza —follaje nazareno—
> en las manos de Dios puso el espíritu;
> lo dio a luz;
> que así Cristo nació sobre la cruz;
> y al nacer se soñaba a arredrotiempo
> cuando sobre un pesebre
> murió en Belén
> allende todo mal y todo bien[90].

«¡Queda cumplido!», y «¡en tus manos pongo mi espíritu!». ¿Y qué es lo que así quedó cumplido?, ¿y qué fue ese espíritu que así puso en manos del Padre, en manos de Dios? Quedó cumplida su obra y su obra fue su espíritu. Nuestra obra es nuestro espíritu y mi obra soy yo mismo que me estoy haciendo día a día y siglo a siglo, como tu obra eres tú mismo, lector, que te estás haciendo momento a momento, ahora oyéndome como yo hablándote. Porque quiero creer que me oyes más que me lees, como yo te hablo más que te escribo. Somos nuestra propia obra. Cada uno es hijo de sus obras, quedó dicho, y lo repitió Cervantes, hijo del *Quijote*, pero ¿no es uno también padre de sus obras? Y Cervantes padre del *Quijote*. De donde uno, sin conceptismo, es padre e hijo de sí mismo

---

[90] Es el poema XVIII del *Romancero del destierro*, donde aparece fechado en Hendaya, el 3 de agosto de 1926.

y su obra el espíritu santo. Dios mismo, para ser Padre, se nos enseña que tuvo que ser Hijo, y para sentirse nacer como Padre bajó a morir como Hijo. «Se va al Padre por el Hijo», se nos dice en el cuarto Evangelio (XIV, 6), y que quien ve al Hijo ve al Padre (XIV, 8), y en Rusia se le llama al Hijo «nuestro padrecito Jesús».

De mí sé decir que no descubrí de veras mi esencia filial, mi eternidad de filialidad, hasta que no fui padre, hasta que no descubrí mi esencia paternal. Es cuando llegué al hombre de dentro, al *eso anthropos*, padre e hijo. Entonces me sentí hijo, hijo de mis hijos e hijo de la madre de mis hijos. Y este es el eterno misterio de la vida. El terrible Rafael de Valentín de *La piel de zapa*, de Balzac, se muere, consumido de deseos, en el seno de Paulina y estertorando, en las ansias de la agonía, «te quiero, te adoro, te deseo...», pero no desnace ni renace porque no es en el seno de madre, de madre de sus hijos, de su madre, donde acaba su novela. Y después de esto, en mi novela de Jugo, ¿le he de hacer acabarse en la experiencia de la paternidad filial, de la filialidad paternal?

Pero hay otro mundo, novelesco también; hay otra novela. No la de la carne, sino la de la palabra, la de la palabra hecha letra. Y ésta es propiamente la novela que, como la historia, empieza con la palabra o propiamente con la letra, pues sin el esqueleto no se tiene en pie la carne. Y aquí entra lo de la acción y la contemplación, la política y la novela. La acción es contemplativa, la contemplación es activa; la política es novelesca y la novela es política. Cuando mi pobre Jugo, errando por los bordes —no se les puede llamar riberas— del Sena, dio con el libro agorero y se puso a devorarlo y se ensimismó en él, convirtiose en un puro contemplador, en un mero lector, lo que es algo absurdo e inhumano; padecía la novela, pero no la hacía. Y yo quiero contarte, lector, cómo se hace una novela, cómo haces y has de hacer tú mismo tu propia novela. El hombre de dentro, el intra-hombre, cuando se hace lector, contemplador, si es viviente, ha de hacerse lector, contemplador del personaje a quien va, a la vez que leyendo, haciendo, creando; contemplador de su propia obra. El hombre de dentro, el intra-hombre —y éste es más divino que el tras-hombre o sobre-hombre nietzscheniano— cuando se hace lector hácese por lo mismo autor, o sea, actor; cuando lee una novela se hace novelista, cuando lee historia, historiador. Y todo lector que sea hombre de dentro, humano, es, lector, autor de lo que lee y está leyendo. Esto que ahora lees aquí, lector, te lo estás diciendo tú a ti mismo, y es tan tuyo como mío. Y si no es así es que ni lo lees. Por lo cual te pido perdón, lector mío, por aquella, más que impertinencia, insolencia que te solté de que no quería decirte cómo acababa la novela de mi Jugo, mi novela y tu novela. Y me pido perdón a mí mismo por ello.

¿Me has comprendido, lector? Y si te dirijo así esta pregunta es para poder colocar a seguida lo que acabo de leer en un libro filosófico italiano —una de mis lecturas de azar—, *Le sorgenti irrazionali del pensiero*, de Nicola Abbagnano[91], y es esto: «Comprender no quiere decir penetrar en la intimidad del pensamiento ajeno, sino tan sólo traducir en el *propio* pensamiento, en la propia verdad, la soterraña experiencia en que se funde la vida propia y la ajena.» Pero ¿no es esto acaso penetrar en la entraña del pensamiento de otro? Si yo traduzco en mi propio pensamiento la soterraña experiencia en que se funden mi vida y tu vida, lector, o si tú la traduces en el propio tuyo, y si nos llegamos a comprender mutuamente, a prendernos conjuntamente, ¿no es que he penetrado yo en la intimidad de tu pensamiento a la vez que penetrabas tú en la intimidad del mío y que no es ni mío ni tuyo, sino común de los dos? ¿No es acaso que mi hombre de dentro, mi intrahombre, se toca y hasta se une con tu hombre de dentro, con tu intra-hombre, de modo que yo viva en ti y tú en mí?

Y no te sorprenda el que así te meta mis lecturas de azar y te meta en ellas. Gusto de las lecturas de azar, del azar de las lecturas, a las que caen, como gusto de jugar todas las tardes, después de comer, el café aquí, en el Grand Café de Hendaya,

---

[91] Nicola Abbagnano (1901-1990), filósofo italiano y profesor en la Universidad de Torino, llegó a crear una corriente existencialista al margen de la alemana y la francesa. Publicó *Le sorgenti irrazionali del pensiero*, su primer libro, en 1923.

con otros tres compañeros, y al tute. ¡Gran maestro de vida, de pensamiento, el tute! Porque el problema de la vida consiste en saber aprovecharse del azar, en darse maña para que no le canten a uno las cuarenta, si es que no tute de reyes o de caballos, o en cantarlos uno cuando el azar se los trae. ¡Qué bien dice Montesinos[92] en el *Quijote:* «paciencia y barajar»! ¡Profundísima sentencia de sabiduría quijotesca! ¡Paciencia y barajar! Y mano y vista prontas al azar que pasa. ¡Paciencia y barajar! Que es lo que hago aquí, en Hendaya, en la frontera, yo con la novela política de mi vida, y con la religiosa: ¡paciencia y barajar! Tal es el problema[93].

Y no me saltes diciendo, lector mío —¡y yo mismo, como lector de mí mismo!— que en vez de contarte, según te prometí, cómo se hace una novela, te vengo planteando problemas, y lo que es más grave, problemas metapolíticos y religiosos. ¿Quieres que nos detengamos un momento en esto del problema? Dispensa a un filólogo helenista que te explique la novela, o sea la etimología, de la palabra *problema*. Que es el sustantivo que representa el resultado de la acción de un verbo, *proballein,* que significa echar o poner por delante, presentar algo, y equivale al latino *proiicere,* proyectar, de donde problema viene a equivaler a *proyecto*. Y el problema, ¿proyecto de qué? ¡De acción! El proyecto de un edificio es proyecto de construcción. Y un problema presupone

---

[92] Unamuno comete aquí otro pequeño error, ya que en realidad es el personaje Durandarte quien pronuncia estas palabras *(Don Quijote,* II, cap. XXII).

[93] Años después, y ya casi al final de su vida, en 1936, Unamuno escribe un artículo que dirige a Indalecio Prieto y en el que recuerda de nuevo la frase de Durandarte que ya había comentado aquí: «Así escribía yo hace diecinueve años en aquella Hendaya, a la que no sé si tendré que volver —también yo, amigo Prieto— a barajar en paciencia, a volver a los solitarios. Aunque, ¿qué más solitarios que estos comentarios que barajo aquí? Esperemos, pues, aunque sea desesperadamente; tengamos paciencia y hagamos de la paciencia barajando. Y si salvamos nuestra alma, o sea, nuestro juego en la Historia, nuestra responsabilidad, no habrán sido baldíos ni nuestra barajadura ni nuestra paciencia. Paciencia, pues, y a barajar. No del todo en silencio, como Durandarte, sino murmurando entre dientes: "¡Acaso...!" Y los impacientes, o sea, los que se creen revolucionarios —¡pobretes!—, a su juego.» El 15 de julio, en el artículo «Mandarines y mandones», dice algo parecido: «¡Aguantar y aguardar!» (Salcedo, *op. cit.,* págs. 396-397).

no tanto una solución, en el sentido analítico, o disolutivo, cuanto una construcción, una creación. Se resuelve haciendo. O dicho en otros términos, un *proyecto* se resuelve en un *trayecto*, un *problema* en un *metablema*, en un cambio. Y sólo con la acción se resuelven problemas. Acción que es contemplativa como la contemplación es activa, pues creer que se puede hacer política sin novela o novela sin política es no saber lo que se quiere creer.

Gran político de acción, tan grande como Pericles, fue Tucídides, el maestro de Maquiavelo, el que nos dejó «para siempre» —«¡para siempre!»: es su frase y su sello— la historia de la guerra del Peloponeso. Y Tucídides hizo a Pericles tanto como Pericles a Tucídides. Dios me libre de comparar al rey Don Alfonso XIII, al botarate de Primo de Rivera o al epiléptico Martínez Anido, tiranuelos de España, con un Pericles, con un Cleón o con un Alcibiades, pero estoy penetrado de que yo, Miguel de Unamuno, les he hecho hacer y decir no pocas cosas y entre ellas muchas tonterías. Si ellos me hacen pensar y hacerme en mi pensamiento —que es mi obra y mi acción—, yo les hago obrar y acaso pensar. Y entre tanto ellos y yo vivimos.

Y así es, lector, cómo se hace para siempre una novela.

Terminado el viernes 17 de junio de 1927
en Hendaya, Bajos Pirineos,
frontera entre Francia y España.

Martes 21

¿Terminado? ¡Qué pronto escribí eso! ¿Es que se puede terminar algo, aunque sólo sea una novela, de cómo se hace una novela? Hace ya años, en mi primera mocedad, oía hablar a mis amigos wagnerianos de melodía infinita. No sé bien lo que es esto, pero debe de ser como la vida y su novela, que nunca terminan. Y como la historia.

Porque hoy me llega un número de *La Prensa*, de Buenos Aires, el del 22 de mayo de este año, y en él un artículo de *Azorín* sobre Jacques de Lacretelle. Éste envió a aquél un librito suyo titulado *Aparte*, y *Azorín* lo comenta. «Se compone —nos dice éste hablándonos del librito de Lacretelle (no de De Lacretelle, amigos argentinos)— de una novelita titulada *Cólera*, de un *Diario*, en que el autor explica cómo ha compuesto la dicha novela, y de unas páginas filosóficas, críticas, dedicadas a evocar la memoria de Juan Jacobo Rousseau en Ermenonville»[94]. No conozco el librito de J. de Lacretelle —o de Lacretelle— más que por este artículo de *Azorín*, pero encuentro profundamente significativo y simbólico el que un autor que escribe un diario para explicar cómo ha compuesto una novela evoque la memoria de Rousseau, que se pasó la vida explicándonos cómo se hizo la novela de esa su vida, o sea su vida representativa, que fue una novela.

---

[94] El novelista francés Jacques de Lacretelle (1888-1985) publicó *Aparté: Colère-Journal de Colère-Dix Jours à Ermenonville* (París, 1927). Anteriormente, en mayo de 1925, había publicado el estudio sobre Rousseau en Ermenonville, en la *Nouvelle Revue Française*, y la novela *Colère*, por separado, en París en 1926.

Añade luego *Azorín:*

«De todos estos trabajos, el más interesante, sin duda, es el "Diario de *Cólera*", es decir, las notas que, si no día por día, al menos muy frecuentemente, ha ido tomando el autor sobre el desenvolvimiento de la novela que llevaba entre manos. Ya se ha escrito, recientemente, otro diario de esta laya; me refiero al libro que el sutilísimo y elegante André Gide ha escrito para explicar la génesis y proceso de cierta novela suya[95]. El género debiera propagarse. Todo novelista, con motivo de una novela suya, podría escribir otro libro —novela veraz, auténtica— para dar a conocer el mecanismo de su ficción. Cuando yo era niño —supongo que ahora pasa lo mismo— me interesaban mucho los relojes: mi padre o alguno de mis tíos solían enseñarme el suyo; yo lo examinaba con cuidado, con admiración; lo ponía junto a mi oído; escuchaba el precipitado y perseverante tictac; veía cómo el minutero avanzaba con mucha lentitud; finalmente, después de visto todo lo exterior de la muestra, mi padre o mi tío levantaba —con la uña o con un cortaplumas— la tapa posterior y me enseñaba el complicado y sutil organismo... Los novelistas que ahora hacen libros para explicar el mecanismo de su novela, para hacer ver cómo ellos proceden al escribir, lo que hacen, sencillamente, es levantar la tapa del reló. El reló del señor Lacretelle es precioso; no sé cuántos rubíes tiene la maquinaria; pero todo ello es pulido, brillante. Contemplémosla y digamos algo de lo que hemos observado.»

Lo que merece comentario:

Lo primero, que la comparación del reló está muy mal traída y responde a la idea del «mecanismo de su ficción». Una ficción de mecanismo, mecánica, no es ni puede ser novela. Una novela, para ser viva, para ser vida, tiene que ser, como la vida misma, organismo y no mecanismo. Y no sirve levantar la tapa del reló. Ante todo porque una verdadera novela, una novela viva, no tiene tapa, y luego porque no es maquinaria lo que hay que mostrar, sino entrañas palpitantes de vida, calientes de sangre. Y eso se ve fuera. Es

---

[95] Se trata de *Les faux-monnayeurs* (París, Gallimard, 1926) y *Le Journal des faux-monnayeurs* (París, Gallimard, 1927).

como la cólera que se ve en la cara y en los ojos y sin necesidad de levantar tapa alguna.

El relojero, que es un mecánico, puede levantar la tapa del reló para que el cliente vea la maquinaria, pero el novelista no tiene que levantar nada para que el lector sienta la palpitación de las entrañas del organismo vivo de la novela, que son las entrañas mismas del novelista, del autor. Y las del lector identificado con él por la lectura.

Mas, por otra parte, el relojero conoce reflexivamente, críticamente, el mecanismo del reló, pero el novelista, ¿conoce así el organismo de su novela? Si hay tapa en ésta, la hay para el novelista mismo. Los mejores novelistas no saben lo que han puesto en sus novelas. Y si se ponen a hacer un diario de cómo las han escrito es para descubrirse a sí mismos. Los hombres de diario o de autobiografías y confesiones, San Agustín, Rousseau, Amiel[96], se han pasado la vida buscándose a sí mismos —buscando a Dios en sí mismos—, y sus diarios, autobiografías o confesiones no han sido sino la experiencia de esa rebusca. Y esa experiencia no puede acabar sino con su vida.

¿Con su vida? ¡Ni con ella! Porque su vida íntima, entrañada, novelesca, se continúa en la de sus lectores. Así como empezó antes. Porque nuestra vida íntima, entrañada, novelesca, ¿empezó con cada uno de nosotros? Pero de esto ya he dicho algo y no es cosa de volver a lo dicho. Aunque, ¿por qué no? Es lo propio del hombre del diario, del que se confiesa, el repetirse. Cada día suyo es el mismo día.

Y ¡ojo con caer en el diario! El hombre que da en llevar un diario —como Amiel— se hace el hombre del diario, vive para él[97]. Ya no apunta en su diario lo que a diario piensa, sino que lo piensa para apuntarlo. Y en el fondo ¿no es lo mismo? Juega uno con eso del libro del hombre y el hombre del libro, pero ¿hay hombres que no sean de libro? Hasta los

---

[96] Henri Frédéric Amiel (1821-1881), filósofo y moralista suizo, autor de un célebre *Diario*.
[97] Véase el artículo que Unamuno había dedicado a Amiel, titulado «Una vida sin historia: *Amiel*» (*Obras completas, op. cit.,* vol. IX, pág. 96).

que no saben ni leer ni escribir. Todo hombre, verdaderamente hombre, es hijo de una leyenda, escrita u oral. Y no hay más que leyenda, o sea novela.

Quedamos, pues, en que el novelista que cuenta cómo se hace una novela cuenta cómo se hace un novelista, o sea cómo se hace un hombre. Y muestra sus entrañas humanas, eternas y universales, sin tener que levantar tapa alguna de reló. Esto de levantar tapas de reló se queda para literatos que no son precisamente novelistas.

¡Tapa de reló! Los niños despanzurran a un muñeco, y más si es de mecanismos, para verle las tripas, para ver lo que lleva dentro. Y, en efecto, para darse cuenta de cómo funciona un muñeco, un fantoche, un *homunculus* mecánico, hay que despanzurrarle, hay que levantar la tapa del reló. Pero ¿un hombre histórico?, ¿un hombre de verdad?, ¿un actor del drama de la vida?, ¿un sujeto de novela? Este lleva las entrañas en la cara. O dicho de otro modo, su entraña —*intranea*—, lo de dentro, es su extraña —*extranea*—, lo de fuera; su forma es su fondo. Y he aquí por qué toda expresión de un hombre histórico verdadero es autobiográfica. Y he aquí por qué un hombre histórico verdadero no tiene tapa. Aunque sea hipócrita. Pues precisamente son los hipócritas los que más llevan las entrañas en la cara. Tienen tapa, pero es de cristal[98].

---

[98] Las ideas expuestas por Unamuno en este apunte de su diario son reiteradas en una carta enviada el 28 de junio de 1927 al hispanista norteamericano Warner Fite, traductor al inglés de *Niebla*, que fue publicada después en la *Revista Hispánica Moderna*, núm. XXII (1956), págs. 87-92.

Jueves 30-VI

Acabo de leer que como Federico Lefèvre, el de las conversaciones con hombres públicos para publicarlas en *Les Nouvelles Litteraires* —a mí me sometió a una[99]—, le preguntara a Jorge Clemenceau, el mozo de ochenta y cinco años, si se decidiría a escribir sus Memorias, éste le contestó: «¡Jamás!, la vida está hecha para ser vivida y no para ser contada»[100]. Y, sin embargo, Clemenceau, en su larga vida quijotesca de guerrillero de la pluma no ha hecho sino contar su vida.

Contar la vida, ¿no es acaso un modo, y tal vez el más profundo, de vivirla? ¿No vivió Amiel su vida íntima contándola? ¿No es su *Diario* su vida? ¿Cuándo se acabará esa contraposición entre acción y contemplación? ¿Cuándo se acabará de comprender que la acción es contemplativa y la contemplación es activa?

Hay lo hecho y hay lo que se hace. Se llega a lo invisible de Dios por lo que está hecho —*per ea quae facta sunt,* según la versión latina canónica, no muy ceñida al original griego, de un pasaje de San Pablo (Romanos, I, 20)—[101], pero ése es el camino de la naturaleza, y la naturaleza es muerta. Hay el ca-

---

[99] *Vid. supra* nota 23.
[100] «Une heure avec M. Georges Clemenceau», *Les Nouvelles Litteraires* (11 de junio de 1927). Georges Clemenceau (1841-1929), político francés de izquierdas, que ingresó en la Academia Francesa en 1918.
[101] *Epístola del apóstol Pablo a los Romanos*, I, 19-20: «En efecto, lo cognoscible de Dios es manifiesto entre ellos [los hombres], pues Dios se lo manifestó; porque desde la creación del mundo, lo invisible de Dios, su eterno poder y su divinidad, son conocidas mediante las criaturas [esto es, lo creado]. De manera que son inexcusables.»

mino de la historia, y la historia es viva; y el camino de la historia es llegar a lo invisible de Dios, a sus misterios, por lo que se está haciendo, *per ea quae fiunt*. No por poemas —que es la expresión precisa pauliniana—, sino por poesías; no por entendimiento, sino por intelección, o mejor por intención —propiamente *intensión*—. (¿Por qué, ya que tenemos *extensión* e *intensidad*, no hemos de tener *intensión* y *extensidad?*).

Vivo ahora y aquí mi vida contándola. Y ahora y aquí es de la actualidad, que sustenta y funde a la sucesión del tiempo así como la eternidad la envuelve y junta.

Domingo 3-VII

Leyendo hoy una historia de la mística filosófica de la Edad Media he vuelto a dar con aquella sentencia de San Agustín en sus *Confesiones,* donde dice (lib. 10, c. 33, n. 50) que se ha hecho problema en sí mismo: *mihi quaestio factus sum* —porque creo que es por problema como hay que traducir *quaestio*—. Y yo me he hecho problema, cuestión, proyecto de mí mismo. ¿Cómo se resuelve esto? Haciendo del proyecto trayecto, del problema *metablema;* luchando. Y así, luchando, civilmente, ahondando en mí mismo como problema, cuestión, para mí, trascenderé de mí mismo, y hacia dentro, concentrándome para irradiarme, y llegaré al Dios actual, al de la historia.

Hugo de San Víctor, el místico del siglo XII, decía que subir a Dios era entrarse en sí mismo y no sólo entrar en sí, sino pasarse de sí mismo, en lo de más adentro —*in intimis etiam seipsum transire*[102]—, de cierto inefable modo, y que lo más íntimo es lo más cercano, lo supremo y eterno. Y a través de mí mismo, traspasándome, llego al Dios de mi España en esta experiencia del destierro.

---

[102] La cita procede del tratado de Hugo de San Víctor, *De vanitate mundi*, Libro Segundo: «Subir, por tanto, hasta Dios, supone entrar en uno mismo, y no sólo entrar en sí, sino de modo inefable y en lo más íntimo, trascenderse incluso a sí mismo. Por tanto, quien esto consigue, penetrando y profundizando cada vez más en su interior, como ya dije, en verdad asciende a Dios.»

Lunes 4-VII

Ahora que ha venido mi familia y me he establecido con ella, para los meses de verano, en una *villa*, fuera del hotel, he vuelto a ciertos hábitos familiares, y entre ellos a entretenerme haciendo, entre los míos, solitarios a la baraja, lo que aquí, en Francia, llaman *patience*.

El solitario que más me gusta es uno que deja un cierto margen al cálculo del jugador, aunque no sea mucho. Se colocan los naipes en ocho filas de cinco en sentido vertical —o sea cinco filas de ocho en sentido horizontal, claro que en el significado abusivo en que se llama vertical y horizontal en un plano horizontal— y se trata de sacar desde abajo los ases y los doses poniendo las 32 cartas que quedan en cuatro filas verticales de mayor a menor y sin que se sigan dos de un mismo palo, o sea, que a una sota de oros, por ejemplo, no debe seguir un siete de oros también, sino de cualquiera de los otros tres palos. El resultado depende en parte de cómo se empiece; hay que saber, pues, aprovechar el azar. Y no es otro el arte de la vida en la historia.

Mientras sigo el juego, ateniéndome a sus reglas, a sus normas, con la más escrupulosa conciencia normativa, con un vivo sentimiento del deber, de la obediencia a la ley que me he creado —el juego bien jugado es la fuente de la conciencia moral—, mientras sigo el juego es como si una música silenciosa brezara mis meditaciones de la historia que voy viviendo y haciendo. Y mientras manejo reyes, caballos, sotas y ases pasan en el hondón de mi conciencia, y sin yo darme entera cuenta, el rey, los tiranuelos pretorianos de mi patria, sus sayones y ministriles, los obispos y toda la baraja de la farsa de la dictadura. Y me chapuzo en el juego y juego con el azar. Y si no resulta una jugada vuelvo a mezclar los naipes y a barajarlos. Lo que es un placer.

Barajar los naipes es algo, en otro plano, como ver romperse las olas de la mar en la arena de la playa. Y ambas cosas nos hablan de la naturaleza en la historia, del azar en la libertad.

Y no me impaciento si la jugada tarda en resolverse y no hago trampas. Y ello me enseña a esperar que se resuelva la jugada histórica de mi España, a no impacientarme por su solución, a barajar y tener paciencia en este otro juego solitario y de paciencia. Los días vienen y se van como vienen y se van las olas de la mar; los hombres vienen y se van —a las veces se van y luego vienen— como vienen y se van los naipes, y este vaivén es la historia. Allá a lo lejos, sin que yo conscientemente lo oiga, resuena, en la playa, la música de la mar fronteriza. Rompen en ella las olas que han venido lamiendo costa de España.

¡Y qué de cosas me sugieren los cuatro reyes, con sus cuatro sotas, los de espadas, bastos, oros y copas, caudillos de las cuatro filas del orden vencedor! ¡El orden!

¡Paciencia, pues, y barajar!

Martes 5-VII

Sigo pensando en los solitarios, en la historia. El solitario es el juego del azar. Un buen matemático podría calcular la probabilidad que hay de que salga o no una jugada. Y si se ponen dos sujetos en competencia a resolverlas, lo natural es que en un mismo juego obtengan el mismo tanto por ciento de soluciones. Mas la competencia debe ser a quién resuelve más jugadas en igual tiempo. Y la ventaja del buen jugador de solitarios no es que juegue más deprisa, sino que abandone más jugadas apenas empezadas y en cuanto prevé que no tiene solución. En el arte supremo de aprovechar el azar la superioridad del jugador consiste en resolverse a abandonar a tiempo la partida para poder empezar otra. Y lo mismo en la política y en la vida.

Miércoles 6-VII

¿Es que voy a caer en aquello de *nulla dies sine linea*[103], ni un día sin escribir algo para los demás —ante todo para sí mismo— y para siempre? Para siempre de sí mismo, se entiende. Esto es caer en el hombre del diario. ¿Caer? ¿Y qué es caer? Lo sabrán esos que hablan de decadencia. Y de ocaso. Porque ocaso, *ocasus*, de *occidere,* morir, es un derivado de *cadere*, caer. Caer es morirse.

Lo que me recuerda aquellos dos inmortales héroes —¡héroes, sí!— del ocaso de Flaubert, modelo de novelistas —¡qué novela su *Correspondencia!*—, los que le hicieron cuando decaía para siempre. Que fueron Bouvard y Pécuchet. Y Bouvard y Pécuchet, después de recorrer todos los rincones del espíritu universal acabaron en escribientes. ¿No sería lo mejor que acabase la novela de mi Jugo de la Raza haciéndole que, abandonada la lectura del libro fatídico, se dedique a hacer solitarios y haciendo solitarios esperar que se le acabe el libro de la vida? De la vida y de la vía, de la historia que es camino.

Vía y *patria*, que decían los místicos escolásticos, o sea: historia y visión beatífica. Pero ¿son cosas distintas? ¿No es ya patria el camino? Y la patria, la celestial y eterna se entiende, la que no es de este mundo, el reino de Dios cuyo advenimiento pedimos a diario —los que lo pedimos—, esa patria ¿no seguirá siendo camino?

---

[103] Plinio el Viejo, *Naturalis Historia*, cap. XXXV.

Mas, en fin, ¡hágase su voluntad así en la tierra como en el cielo!, o como cantó Dante, el gran proscrito:

In la sua volontade é nostra pace

(Paradiso, III, 91).

E pur si muove![104]. ¡Ay, que no hay paz sin guerra!

---

[104] Famosa expresión atribuida a Galileo (1564-1642), cuando el Tribunal de la Santa Inquisición le obligó a renunciar a la teoría del movimiento de la Tierra alrededor del Sol.

Jueves 7-VII

El camino, sí, la vía, que es la vida, y pasársela haciendo solitarios[105] —tal la novela—. Pero los solitarios son solitarios, para uno mismo solo; no participan de ellos los demás. Y la patria que hay tras de ese camino de solitarios, una patria de soledad —de soledad y de vacío—. Cómo se hace una novela, ¡bien!, pero ¿para qué se hace? Y el para qué es el porqué. ¿Por qué, o sea, para qué se hace una novela? Para hacerse el novelista. ¿Y para qué se hace el novelista? Para hacer al lector, para hacerse uno con el lector. Y sólo haciéndose uno el novelador y el lector de la novela se salvan ambos de su soledad radical. En cuanto se hacen uno se actualizan y actualizándose se eternizan.

Los místicos medievales —San Buenaventura, el franciscano, lo acentuó más que otro— distinguen entre *lux,* luz, y *lumen,* lumbre[106]. La luz queda en sí; la lumbre es la que se comunica. Y un hombre puede lucir —y lucirse—, alumbrar —y alumbrarse.

Un espíritu luce, pero ¿cómo sabremos que luce si no nos alumbra? Y hay hombres que se lucen, como solemos decir. Y los que se lucen es con propia complacencia; se muestran

---

[105] En la novela *Don Sandalio, jugador de ajedrez*, volverá a utilizar Unamuno el motivo del juego con un valor simbólico que adquiere una significación que trasciende su condición de trivial pasatiempo (Ródenas, *op. cit.,* pág. LXXXI).
[106] San Buenaventura, *Omnia opera*: «La luz puede considerarse de tres maneras, a saber: en sí misma, en lo transparente y en el extremo último de la transparencia; en la primera es luz; en la segunda, luminosidad; en la tercera, hipóstasis del color» (Quaracchi, 1885, tomo I, pág. 294).

para lucirse. ¿Se conoce a sí mismo el que se luce? Pocas veces. Pues como no se cuida de alumbrar a los demás, no se alumbra a sí mismo. Pero el que no sólo luce, sino que al lucir alumbra a los otros, se luce alumbrándose a sí mismo. Que nadie se conoce mejor a sí mismo que el que se cuida de conocer a los otros. Y puesto que conocer es amar, acaso convendría variar el divino precepto y decir: ámate a ti mismo como amas a tu prójimo.

¿De qué te serviría ganar el mundo si perdieras tu alma? Bien; pero y ¿de qué te servirá ganar tu alma si perdieras el mundo? Pongamos en vez de mundo la comunión humana, la comunidad humana, o sea la comunidad común.

Y he aquí cómo la religión y la política se hacen una en la novela de la vida actual. El reino de Dios —o como quería San Agustín, la ciudad de Dios— es, en cuanto ciudad, política, y en cuanto de Dios, religión.

Y yo estoy aquí, en el destierro, a la puerta de España y como su ujier, no para lucir y lucirme, sino para alumbrar y alumbrarme, para hacer nuestra novela, historia, la de nuestra España. Y al decir que estoy para alumbrarme, con este *me* no quiero referirme, lector mío, a mi yo solamente, sino a tu yo, a nuestros yos. Que no es lo mismo nosotros que yos.

El desdichado Primo de Rivera cree lucirse, pero ¿se alumbra? En el sentido vulgar y metafórico sí, se alumbra, pero de todo tiene menos de alumbrado. Y ni alumbra a nadie. Es un fuego fatuo, una lucecita que no puede hacer sombra.

Hendaya, [julio] de 1927.

Colección Letras Hispánicas

Últimos títulos publicados

911 *Las personas del verbo,* JAIME GIL DE BIEDMA.
    Edición de Carme Riera y Félix Pardo.
912 *Ángel Guerra,* BENITO PÉREZ GALDÓS.
    Edición de Juan Carlos Pantoja Rivero.
913 *Primeras letras (1931-1943),* OCTAVIO PAZ.
    Nueva edición revisada y aumentada de Enrico Mario Santí.
914 *Memorias del subdesarrollo,* EDMUNDO DESNOES.
    Edición de Alejandro Luque.
915 *Poesía,* DIEGO HURTADO DE MENDOZA.
    Edición de J. Ignacio Díez.
916 *Huye la hora (Antología poética),* FRANCISCO DE QUEVEDO.
    Edición de Fernando Plata y Adrián J. Sáez.
917 *La unica libertad,* MARINA MAYORAL.
    Edición de María Socorro Suárez Lafuente.
918 *De mundos inciertos (Antología de cuentos),* JOSÉ MARÍA MERINO.
    Edición de Ángeles Encinar.
919 *Poesía clandestina y de protesta política del Siglo de Oro.*
    Edición de Ignacio Arellano.
920 *Mis páginas mejores,* JULIO CAMBA.
    Edición de Francisco Fuster.
921 *De una edad tal vez nunca vivida,* JORGE URRUTIA.
    Edición de José M.ª Fernández y Consuelo Triviño Anzola.
922 *La vida es sueño,* PEDRO CALDERÓN DE LA BARCA.
    Nueva edición de Fausta Antonucci.
923 *Una firme razón para el deseo (Poesía reunida),* ROSA CHACEL.
    Edición de Laura Cristina Palomo Alepuz.
924 *Los adioses,* JUAN CARLOS ONETTI.
    Edición de Pablo Rocca.
925 *La piel de toro,* SALVADOR ESPRIU.
    Edición bilingüe de Maria Moreno Domènech.

De próxima aparición

La emancipada, MIGUEL RIOFRÍO.
    Edición de Fernando Nina Rada.
Un estallido (Antología de la poesía española 2000-2025).
    Edición de Raúl Molina Gil y Álvaro López Fernández.